反派未婚妻
總在換人設
上
第二部・嬌氣包與大魔王?!
紀嬰
著

目錄
CONTENTS

第一章　楚幽幻夢

楚幽國是個小國。

從楚箏透露的零星片段來看，它應該是個很快就會被滅國的小國。

在千百年前群雄逐鹿的境況下，小國往往只能慘遭吞併，要麼心甘情願主動獻上玉璽，要麼先行掙扎一番，來一場頭破血流的雞蛋碰石頭，然後再鼻青臉腫地被動獻上玉璽。

等謝鏡辭從棺材裡出來，晃眼一瞧，只覺得楚幽被滅國的原因瞬間又多了一條。

入眼是極盡奢華的宮闕瓊樓，金碧輝煌的琉璃瓦勾連成片，間有雕欄玉砌，玉石層層鑲嵌，華美非常。再往上看，雕梁畫棟賞心悅目，上刻龍遊鳳舞，隱有栩栩如生之勢。

清一色的澄黃明麗，一看便知價格不菲、窮奢極欲。

放在話本裡，這種揮霍無度的小國活不過三集。

裴渡隨她出來，抬眼環視一圈，壓低聲音道：「此地的建築……似乎與歸元仙府裡的宮殿極為相似。」

謝鏡辭笑：「倒也不必如此做賊心虛，我們身處記憶之中，不會被任何人察覺。」

他所言不虛，無論建築風格還是色彩搭配，二者都有很大的共同之處。

雲水散仙一生閒散，不喜奢靡之風，謝鏡辭曾好奇過正殿的豪華程度，如今看來，竟是仿照楚幽國的宮殿所建。

如此想來，似乎連那些被堆積在閣樓裡的傀儡，身上所穿之物，也是整齊劃一的宮裝。

楚幽滅國已有千百年，雲水散仙待在歸元仙府那麼久……居然還在模擬楚幽國中的景象嗎？

這個念頭從腦海深處倏地蹦出來，謝鏡辭來不及細想，就聽身旁的抬棺人長長嘆了口氣：「那位總算沒命了……她在的這幾年，皇上幾乎被迷得丟了魂兒，連太子位都心甘情願留給她兒子當，嘖嘖。」

「我們還在宮裡，說這種晦氣話幹什麼？」另一人出言打斷他：「要是被旁人聽見，你這條小命可就玩完了！」

「不過話說回來，那位太子的身體也不好吧？」一直靜默不語的中年男人插話進來：「貴妃就是因為體弱，連年大病小病不斷。我聽傳聞講，宮裡太醫診治過了，以太子的身體來看，恐怕活不過十五。」

「不是說皇帝找遍全國，給他尋了個一模一樣的替身？如今世道這麼亂，不少王公貴族都這麼玩。」第一個說話的抬棺人冷哼道：「聽說替身不但要替他試毒擋傷，連氣運也會被太子吸走，變成他的壽命——不知道是誰被選上了，可憐。」

楚箏是楚幽國貴族的替身。

那縷神識在時間緊迫的情況下，雖然迫不得已附身於一具男性傀儡，雲水散仙本人卻是不折不扣的女子，應該與他們話裡的太子無關。

又有一名精壯青年道：「貴妃過世，皇帝恐怕會對太子更加上心。你們看見宮門前的那群道士沒？說不定就是專程請來給太子續命的。」

續命。

楚箏說過，為了給主子續命，宮中特地請來幾位道士，其中一人認出她的純陽之體，於是提了個法子，讓她放血救人。

難不成那個所謂的太子替身……其實就是她？

謝鏡辭心下困惑，戳戳裴渡胳膊：「我們先去找到雲水散仙吧。」

既然是神識深處的記憶，必然有個將其牢牢記在心裡的主人，想破開謎題、瞭解這段過往，只能先行找到雲水散仙本人。

或者說，此時還只是個小姑娘的楚箏。

由於歸元仙府有座和楚幽皇宮相似的建築，謝鏡辭行至正殿，只覺一切豁然開朗，處處透著無比熟悉的親切感。

她認真鑽研過地圖，雖然沒有親自把每個地方都走一遭，好在記得大致布局，很快便帶著裴渡來到了太子所在的東宮。

比起其他地方，東宮雖然同樣堂皇，卻莫名顯出幾分緊繃著的窒息感。

侍女、侍衛小心謹慎，無一例外低著頭，即便有幾道人影路過，也安靜得宛如鬼魅，聽不見任何交談聲。

謝鏡辭有感而發：「這地方好壓抑，看來那位太子的脾氣不怎麼好。」

她話音方落，就從房內傳來玉器碎裂的聲音，嘩啦啦響成一片，跟著男孩不耐煩的喊叫：「這麼苦，讓我怎麼喝？」

「哎喲喂，太子殿下，這可是純陽之體的血，能保你延年益壽、去病去災，怎麼就把它砸了啊！」

「我不要！」男孩的聲音更大，帶著毫不掩飾的嫌惡之意：「這種東西我才不喝！我要吃糖！糖！」

謝鏡辭飛快瞥裴渡一眼，朝他做了個口型：「你說對了。」

她說著往前，身體穿過朱紅木門，終於能看清房內景象。

房間裡立著好幾個人，大多數是侍女模樣。

中間的男孩看上去只有十歲左右大小，五官平平，稱不上出眾，要說哪裡最讓人印象深刻，大概是他毫無血色的蒼白臉頰，以及滿目的陰鷙與煩躁。

站在他身旁的公公一個頭兩個大，費盡口舌：「陛下下了令，必須喝純陽之血——要不這樣，我往血裡加些糖漿，保證喝起來甜滋滋的，怎麼樣？」

男孩聞言更氣：「我說難喝就是難喝！」

他說著頓住，目光望向角落裡一道影子，語氣不善：「平民的血入了我體內，我的血脈不就被玷汙了麼？」

謝鏡辭看看他腳邊碎裂的玉碗，又望了望與太子殿下四目相對的那個人。

碗已經成了碎渣，盛放的血液四濺，如同肆意綻放的殷紅花朵，殘酷且駭人。

站在角落裡的人同他年紀相差不大，不但身形同樣矮小瘦弱，眉目竟亦有九分相似，若非衣物不同，兩人對視而立，像在照鏡子。

要說兩人有什麼差別，後者的模樣要更精緻細膩一些，比起太子的滿臉不耐，目光安靜得有如死水。

謝鏡辭心下一動。

從進入這間房屋的那一刻起，她就隱約覺得眼熟。當初雲水散仙被心魔所困，為了護住祕境，一縷神識竭力脫出，在即將陷入沉眠之際，藏進一具少年傀儡裡。

這會兒細細看去，無論太子還是角落裡的人，都與楚箏附身的傀儡極為相似。

「是是是，平民的血統配不上您。」公公呵呵賠笑，忽而笑意一凜，往身後迅速覷上一眼：「還不快來給太子賠罪！」

於是那人從角落裡走出來，牆壁的陰影從臉上褪去，露出毫無血色的瘦削面容。

當她開口，卻是刻意壓低的女孩嗓音：「對不起。」

看來這位真是曾經的雲水散仙。

太子模樣陰柔，五官瞧不出陽剛之氣，陰惻惻盯著旁人的時候，更是顯出些許女氣。想找到相貌相同的人，無異於大海撈針、難度極大。通常而言，六分相似就已經是燒高香，因此遇到楚箏，哪怕她身為女子，還是被帶進了皇宮。

亂戰時期的替身，無異於王公貴族的擋箭牌，屬於一次性消耗品。

她只需要穿著男裝，日復一日壓低嗓子，模仿出少年的聲音，乍一看去與太子無異，便已經達到了目的。

「太子，她已向你道歉，這血，咱們還是得繼續喝。」嗓音尖細的男人揮了揮手，招來不遠處一個侍衛：「周遠，再去給她放血。」

謝鏡辭眉心又是一跳。

楚箏告訴過她，在為數不多的記憶裡，她常年上香悼念之人，名為周遠。

如今的小女孩身量瘦小、面色慘白，哪裡禁得起這般折騰。

她面無表情，沒有任何反抗的意思，倒是聞聲上前的少年侍衛愣了愣：「大總管，倘若再放血，她受得住嗎？」

男人拔高嗓門：「是她重要還是太子重要？」

於是少年來到女孩面前。

周遠相貌清秀，眉宇之間透著少年獨有的凜然正氣，當小刀落在女孩手腕，眉間一蹙：

「抱歉。」

他頓了頓，又低聲道：「別怕，我不會太大力。」

女孩靜默不語，眼看著手腕上血流如注，連眉頭都沒皺一下，唯有臉色越來越白，如單薄紙片。等玉碗被填滿，楚箏身體不自覺一晃。

周遠小心地按住她的肩膀。

這邊籠罩著幽謐的靜，那邊的太子還在跳腳：「糖呢！這回如果還是那麼難喝，我就再也不碰了！」

很快場景一變，來到另一處院落。

這是個精緻的小院，麻雀雖小五臟俱全，臥房的木門被輕輕打開，露出楚箏蒼白的臉。

女孩一向平靜無波的面龐上，頭一回出現了類似困惑的神色。

院子裡的石桌原本空空蕩蕩，此刻卻端端正正擺了盤點心。

太子體弱多病、身形孱弱，為了保持樣貌相似，她向來被禁止大吃大喝，很少見到諸如此類的點心肉脯。

盤子裡的東西算不上華貴，都是普通的小吃，楚箏拿起一塊桃花糕，放在鼻尖嗅了嗅，神色淡淡送入口中。

周遠是太子的貼身侍衛。

之後的記憶匆匆閃過，楚箏身為太子替身，無時無刻綁在後者身旁，除卻二人以外，周遠的身影同樣時常浮現在畫面之中。

用膳的時候，他抱著長劍靜靜候在桌旁；乘涼的時候，他一言不發立在涼亭外；輪到每月放血的時候，他拿著小刀，每次都會對她說一聲「抱歉」。

這是他們兩人唯一的交談。

而同樣的，每次取血後第二天，當楚箏步入庭園，都能見到不知名人士送來的甜點。

有時是常見的果乾，有時是稀奇古怪的糖豆，更多是香甜軟糯的桃花糕，比起宮中極盡奢華的大魚大肉，實在格格不入。

畫面漫無目的變幻許久，等終於停下，謝鏡辭赫然置身於一間薰香繚繞的書房。

「東邊的一個小國被攻破了。」

太子懶洋洋靠在椅背上，比起最初豆芽菜般的男孩，已然長成了十五六歲的少年模樣，奈何身形仍是瘦弱，個子也不高。

他一邊笑一邊咳：「諸國混戰的局面估計不遠了，楚幽人不傑地不靈，怕是苟活不了多久囉。」

一旁的周遠正色道：「太子殿下，慎言。」

太子冷笑輕哼：「遲早會有那麼一天。周遠，倘若楚幽國破，你打算怎麼辦？」

立在黑暗裡的青年沉聲應答：「大丈夫以死報國，天經地義。」

「以死報國，多不划算。」少年太子發出惡劣的嗤笑，目光一晃，落在身旁奮筆疾書、與自己有九分相似的那人身上，繼續對周遠說：「反正到時候我也不會死掉，不如你跟著我，咱們帶上金銀珠寶，繼續享受榮華富貴。」

言下之意，是自會有人會代替他死去，無論戰亂如何，身為太子，都可高枕無憂。

楚箏沒應聲。

謝鏡辭俯身低頭，飛快看她桌前擺著的紙頁一眼，是學堂課業，只不過姓名一欄上並非「楚箏」，而是規整的三個大字：江寒笑。

她心有所感，微微側過身去，看向太子面前的紙張。

同樣寫著江寒笑。

既然是替身，就要替得足夠澈底，除了相貌身形，名字必然是頭等重要的大事。

從進入皇宮的那一刻起，她就被剝奪了姓名、人生、自由生長的權利，以及未來的無限可能。

太子把算盤打得夠滿，卻無論如何也不會想到，當敵軍攻入皇城，周遠非但沒把楚箏送去他身邊，反而豁出性命，帶她逃出生天。

這本應是毫無懸念的結局，奈何毀在一念之間。

「學學學，整天都要學，煩死了。」太子不愛念書，在書房沒待上一會兒，就煩躁地打哈欠，最後乾脆把課業一丟：「我聽說外邊的人想去哪兒就去哪兒，我倒好，長這麼大，連皇城都沒出過——這哪是皇宮，跟籠子似的。」

周遠耐心道：「太子體弱，不適合長途跋涉。」

「你們兩個都是從外邊來的。」少年來了興致，嘴角一咧，看楚箏所在的方向一眼：「喂，妳，妳家鄉是哪兒的？」

「……皇城。」她開口，嗓音已與少年相差不大，只是更清凌幾分：「我也沒出過皇城。」

太子露出嫌棄的神色。

「皇城以外，的確有許多令人意想不到的景觀。」周遠溫聲笑笑：「諸國亦有與眾不同的景象，例如月燕的沙漠綠洲、秦越的山水如畫、閻關一年一度的洪潮……若有機會，我能帶二位前去轉轉。」

楚箏本是沉默不語的。

她習慣安靜無言，此時卻忽然抬起頭：「真的？」

青年一怔，在與她對視的瞬間彎起眉眼：「自然。在下從不會對姑娘說謊。」

太子又是一陣意味不明的冷哼。

她聽不出其中的意思，靜靜看向少年的眼睛：「那都是很好的地方，你不想去嗎？」

對方還沒做出應答，畫面又是一轉。

謝鏡辭見到連綿不絕的火光，四周哀號陣陣，求救聲此起彼伏。

戰火連天，這是楚幽國破的日子。

瘦弱的少女站在房間裡，眾多侍從迎面而來。他們要將她接去東宮，來一出狸貓換太子。

「陛下已然戰死，敵軍要見太子。」其中一人冷聲道：「養兵千日，用在一時，是時候輪到姑娘回報皇室了。」

敵軍凶殘至此，一旦太子現身，將會迎來怎樣的下場，答案昭然若揭。

好在楚箏是個完美的替身。

相貌身形樣樣相符，甚至因為沒有情根，從不會感到恐懼與躊躇。這個計畫完美無缺，只需要讓她在城門拖一段時間，真正的太子就能得到逃亡的機會，如他所說過的那樣，帶著金銀珠寶重獲新生。

她沒說話，無比乖順地向前，邁出房門時，被陽光刺得瞇起雙眼。

這一剎那，身側突然襲來一道疾風。

突變來得毫無預兆，當黑衣青年殺進重圍，漫天火光裡，響起幾聲不敢置信的尖嘯。

正如謝鏡辭所想，在千鈞一髮之際，周遠出現在楚箏身側。

身為太子貼身侍衛，他動作又快又狠，長劍疾舞，擊得對手節節敗退，四周是此起彼伏的喊叫與驚呼，周遠並不在意，將瘦小的少女扛在肩頭，迅速離開。

謝鏡辭與裴渡緊隨其後。

帶走替身，無異於與整個皇宮相抗、置太子於死地。皇城破落至此，宮中亦是亂作一團，青年在亂箭與火光中穿行，塞給楚箏一張信紙。

這封信，那縷神識曾對他們說過。

那時殺機四伏、九死一生，她剛打開，就因突如其來的變故一陣顛簸，掉落在皇宮之中，只不過匆匆一瞥，沒看清信上的內容。

謝鏡辭想不通。

既然進入識海之後，他們滯留在這段記憶，那按理來說，雲水散仙的心魔應該正是誕生於此。

想勘破心魔，必須解開心結。

——可她的心結究竟是什麼？

從頭到尾，除了如今的國變，這個故事始終沒有太大起伏。

周遠出於放血的愧疚，每月悄悄為她送上甜點；向她承諾將來的山水之遊，也在國破之際挺身而出，將她帶出皇城，得以存活。

這理應是最好的結局，就連在此之後，楚箏修成散仙，而周遠身為凡人，亦是活到了八十多歲。若說在整個故事裡，有誰的下場不那麼盡如人意——

謝鏡辭的胸口被轟然一敲。

太子死了。

楚箏離開，前去城門面見敵軍的，必然只剩下太子。

如果說雲水散仙的心魔來源於周遠，這個故事的邏輯其實很奇怪。

按照之前的推測，楚箏也許會對周遠心存感激，後者卻沒有理由捨命救她。

他們沒說過太多話，完全是陌生人。

以楚箏的性子，理應不可能因為幾句道歉、幾塊點心，就生出難以舒解的心魔；而在周遠看來，一個冷漠疏離、毫無干係的小姑娘，也不值得讓他拿命去幫。

他們如同兩條遙遠的平行線，之所以能產生交集，全因中間橫了一座橋梁。

謝鏡辭腦中嗡嗡作響。

也許從一開始就錯了。

這麼多的記憶紛繁複雜，被楚箏仔仔細細藏在識海深處，即便過了千百年，仍舊清晰又鮮活。

除了她和周遠，在無數變幻的場景裡，還有著另一道影子。

一道冷漠寡言、總是陰惻惻板著臉的影子。

箭雨紛飛，周遠被刺穿小腿，悶哼一聲，踉蹌摔下長階。

少女手中的信紙隨風遠去，匆匆一瞥，沒來得及看清內容，卻認出了筆跡的主人。

「我們已經離開皇城。」周遠竭力起身，重新抱起她，沒注意到楚箏怔然的神色：「姑娘，妳再堅持片刻。」

識海中出現間歇性的晃動。

謝鏡辭有些明白了，究竟什麼才是雲水散仙心魔的源頭。

記憶四湧，天空碎開雜亂不堪的紋路，一瞬間虛實相接，她凝神彙聚靈力，引出一道清風。

被吹落的紙頁，重新回到少女身邊。

火光大作，不知是誰在遠處發出癲狂的尖笑，如同利刃刺破血色，旋即便是無盡廝殺。

楚箏伸手，將信紙捏在指尖。

她一個字一個字地看。

然後在某一刻，突然掙脫了青年的束縛，摔倒在地的同時迅速起身，向另一個方向狂奔。

記憶碎片緩緩凝結，匯成半透明的鏡像，浮現在半空。

那張染了血的信紙上，是與她一模一樣的字跡，下筆很輕，認認真真地寫：

『有件事一直想向妳道歉。

還記得妳頭一回給我放血嗎？我不信那老道的妖言惑眾，也不想見妳難受，於是佯裝成厭惡至極的模樣，把盛了血的碗摔在地上。

我本以為極力抗拒，他們便會澈底放棄放血一事，沒想到又讓妳疼了第二遭。

對不起。』

一面鏡片碎開。

多年後的歸元仙府裡，已然參悟仙道的女修靜立於殿前，注視著一個個傀儡的喜怒哀樂。

此時已演到大軍壓境，火光滔天，蒼白陰鷙的少年傀儡喚來身邊暗衛，手中是沉甸甸的包裹，裝滿金銀首飾：「周遠，把她帶過來。」

「不對。」

劇情被打斷，無言的觀眾終於開口。

女修神色淡淡，語氣卻極為固執，一字一頓告訴他：「你該放她走。」

傀儡浮現起困惑的神色：「一旦把她放走，我不就沒命了嗎？」

雲水散仙沉默許久。

在火光盡散的那刻，她不知第多少次說出那兩個字：「重來。」

於是一切變成起初的模樣，宮闕高高，旭日朗朗，瘦削蒼白的男孩坐於亭中，聽聞腳步聲響，懶洋洋抬起頭。

「妳就是他們找來的替身？」他語氣冷淡，說話時輕咳一聲，把面前的女孩從頭到尾打量一番，語氣是一貫的居高臨下：「叫什麼名字？」

女孩乖順應答：「江寒笑。」

「不是這個。」他有些不耐煩：「『江寒笑』是我的名字。在這之前，妳叫什麼？」

代表女孩的傀儡出現短暫的遲疑，仍是面無表情地應他：「楚箏。」

「楚箏，琴箏的『箏』？」病弱的太子眸色沉沉，見她點頭，忽地露了笑：「不錯的名字，將來好好記住，可別忘記了。」

在千年後的歸元仙府，那一縷殘魂與外人相見，開口時神情淡漠，輕聲告訴他們：「我凡俗名為『楚箏』，琴箏的箏，如此稱呼便是。」

原來她真的一直沒有忘記。

哪怕沒有了記憶，某些東西，還是會固執地留在心頭。

『我用了好多寶貝，才說服周遠帶妳離開。逃離皇宮之後，就去更遠的地方看看吧。月燕的沙漠綠洲、秦越的山水如畫、閻關一年一度的洪潮，妳說過，那都是很好的地方。』

又一面鏡子轟然碎裂。

在置身於書房的夜裡，聽罷周遠一番言論，她好奇地問那冷漠的少年太子：「你不想去嗎？」

他沒有回答。

他定是知曉，自己沒有機會。

江寒笑從沒騙過她。

瘦小的少女奔行於烈焰之中，火勢洶洶，映亮坍塌的宮廷樓閣。

在血色殘陽裡，她與一個又一個倉皇逃命的人們擦肩而過，如同逆流的魚。

『其實我一直覺得妳是個很奇怪的人。

不會哭也不會笑，年紀輕輕，總會語出驚人，問一些諸如「情為何物」的蠢話。

不過，倘若妳有朝一日能找到那個問題的答案，便來楚幽國故地同我說說吧。

我這輩子沒什麼喜歡的東西，妳只需擺上一碟桃花糕，若有清風徐過，其中一縷，便是我了。

我送妳的桃花糕，味道還不賴吧。』

腳步終於停下，她立於漫天火光之下，喘息著抬頭，因被周遠蓋了層披風，看不清長相，只露出一雙琥珀色的眼睛。

宮牆深深，有道影子走上城牆。

黑壓壓的敵軍裡，傳來一道粗獷男音：「何人？」

那個人幼稚又孤僻，看上去對任何事情都不甚在意。

他們的關係也稱不上親近，偶爾坐在一起念書，楚箏見他發呆，便也跟著發呆，看著天邊雪花一片片落下來。

她看見江寒笑低頭，瞳孔是一如既往的陰沉幽暗，身形孱弱不堪。

他拔劍出鞘，穩聲答：「楚幽國太子。」

劍光映亮少年蒼白的面龐。

他一定認出了她，目光沉甸甸下墜，與城牆下的女孩四目相望。

相隔了數千年的對視。

當她記憶裡的少年模樣褪色泛黃，淪為一段無法觸及的久遠回憶，楚箏終於望見他的眼睛。

江寒笑朝她輕輕笑了一下。

就像在對她說，往更遠的方向去吧。

八百二十五年，楚幽國破。

太子以身殉國，拔劍自刎於城樓，當夜血光吞天，哀風不絕。

識海猛烈震顫，無數鏡面聚了又散，溢出冷冽寒光。

周圍的景象逐漸模糊，謝鏡辭一步步靠近她，眸光微沉：「妳早就知道那個問題的答案，不是嗎？」

她頓了頓，繼而又道：「從妳拼命想找到答案的那一刻起，謎題就已經被解開了。」

雲水散仙想了那麼多年，始終無法明白，為何江寒笑會放任她離開。

正如那縷神識怎麼也想不透，當初身邊有那麼多形形色色的傀儡，在慌不擇路之際，她為何會不帶絲毫猶豫，撞進角落裡的少年傀儡中。

一切早已暗暗下好了註腳，只可惜無人察覺。

在劈啪火聲裡，城牆下的少女終於回頭。

她一直沉默不語，因而直到轉身的那一瞬，謝鏡辭才恍然發現，楚箏早已淚流滿面。

與此同時，正殿。

「東邊！東邊的結界破了！」一名刀修奮力擋下重重魔氣，刀光熾熱，勾出猩紅火焰。

撲面而來的魔物受到灼燒，發出撕心裂肺的嘶嚎，雙翼一揮，便引來一陣狂風，裹挾著勢如破竹的魔氣，把年輕的修士掀飛。

然而他並未狼狽落地，在刀修被掃上半空的瞬間，一道人影匆匆現身，伸手一把攬過他，穩穩當當降落於地面。

修士長出一口氣，眼底尚有劫後餘生的緊張：「多謝道——」

他話沒說完，瞬間愣住。

那個毫不猶豫把他攬在懷裡、躲過了數道攻擊的人，居然是個看起來弱不禁風的小姑娘。

「不用謝。」孟小汀咧嘴一笑，轉頭看向身後幾名修士：「可以上了！」

為首的樂修彈動手中琵琶，樂音聲聲，雖然不大，卻足以覆蓋整間正殿，傳入所有魔物耳朵。

這首《破魔訣》有驅邪之效，對於正派修士，亦能大振士氣、清心凝神。

樂音未歇，忽有幾道身影迅速閃過，趁魔物受到干擾的間隙彙集靈力，一時間刀光劍影、法訣紛飛，第三波突襲被成功攔下。

孟小汀深吸一口氣，環顧四周一圈。

在引魔香的作用下，越來越多魔物朝著此處聚集，萬幸他們還有劍陣抵擋，否則一旦暴露在妖魔之下，必然將面對疾風驟雨般的廝殺。

到那時，他們就沒有活下來的希望了。

這裡有勢同水火的仇敵，也有彼此競爭的對手，在近乎絕望的境地下，不管是何種身分、何等關係，所有人都咬著牙，逐漸擰成一股繩。

無論世家子弟、宗門弟子，還是無門無派的散修，只要能催動劍訣之人，皆在此刻護在劍陣邊緣，倘若出現裂口，便立即進行修補；其餘人奮力迎戰，將破陣而入的妖魔邪祟一一斬殺。

樂修亂敵心神，醫修逐一救治傷患，佛修結印成陣，道道金光紛然如雨下，生出層層護盾，佑得同伴們一時平安。

正殿鮮血四濺，劍陣之外魔氣洶洶、不見亮光，劍陣之內，則盈滿了凜然白芒，恍如晨曦。

還來不及停下來稍作喘息，就有人駭然叫道：「又來了！你們快看，那是什麼！」

「雷獸。」莫霄陽皺了皺眉：「我在鬼域曾聽說過，傳聞這怪物銷聲匿跡數百年，沒想到能在這裡遇上。」

雷獸身形巨大，如狼似虎，猩紅的雙目如同染血，憑藉翅膀懸在半空，周身則籠罩著數不清的電流，像極了牢牢纏繞的暗紫色鎖鏈。

他話音方落，怪物便發出一聲怒號，電光大作，毫不猶豫向正殿衝來。

「糟糕了。」莫霄陽握緊劍柄，正色蹙眉：「雷獸修為頗高，電流更是凶悍，大家切記當心，不要被電光傷到。」

這隻巨獸的力量遠遠超出想像，嘶吼著撞在劍陣上，瞬間撞出一道道蜿蜒裂痕。周圍的劍修受到波及，被擊退數丈之遠。

莫霄陽在此之前受了不少傷，見狀忍下渾身劇痛，閃身立於最前方，拔劍穩住陣法。

「不、不行了，我們全會死在這兒！」

被綁在角落的裴鈺面色慘白，渾身發抖。他顏面盡失，早就不再顧及形象，這會兒胡言亂語想要推鍋，奈何身為罪魁禍首，一時間找不到責怪的對象，只能把滿腔怒火宣洩在莫霄陽身上。

「都怪你！全是因為你的引魔香！我們本來還能活上幾天，現在好了，全沒命了！魔修就是魔修，出什麼餿主——」

他話沒說完，便被一道靈力打在臉上，像抽了個狠狠的耳光。

「這副醜態，我也用留影石好好記下了。」龍逍溫和地笑：「裴公子，等我們出了祕境，你說不定會名揚整個修真界。不用謝。」

——他學東西一向很快的！超會舉一反三！到時候和孟小姐的石頭一起拿出來，還能湊個情侶款！

一隻從裂縫進來的魔物迅捷如影，一眼便見到苦苦支撐在陣眼的莫霄陽，向他俯衝而來。然而還未行至一半，就被一道法訣瞬間斬殺。

「魔修又如何？比你這個廢物強多了。正事一件不幹，狗吠倒是學得不錯，裴風南那麼好面子，比起在這裡胡言亂語，不如好好想想，怎樣才不會被他切成碎塊。」陌生的少年修士語氣淡淡，末了轉身，對莫霄陽點頭道：「道友無須擔心，我與師兄、師姐會為你護法。」

「也不知道辭辭他們怎麼樣了。」孟小汀奮力斬去一隻火螢：「希望她與裴公子不要出什麼事才好。」

龍逍護在她身側：「一定會沒事的。」

「不好了，這邊的陣法也快破了！」南面響起年輕修士的叫聲，在狂風中伶仃如孤草，搖曳不定：「太多人受傷，我們支撐不住了！」

「這裡也要沒有靈力了！」西邊的少女劍修咳出鮮血，咬牙硬撐：「魔物太多了！」

莫霄陽自然明白時間緊迫。

裂痕瘋長，有如藤蔓遍布，照這樣下去，陣法最多只能維持幾個瞬息。

片刻之後等待他們的，將是實力懸殊、局面一邊倒的屠殺。

謝小姐和裴公子……

他凝神，沒有後退一步。

哪怕只有短短的時間，只要還活著，就有希望。

他們是朋友。

莫霄陽性子莽，不怎麼聰明，腦子一根筋轉不過來，但師父曾經一次又一次告訴他，既然是朋友，就應當託付全部信任。

周慎和付潮生是這樣，對於夥伴，他亦是如此。

更何況，守在他身邊、與他並肩作戰大家都沒有退卻。

劍陣層層裂開，邪魔感受到靈力動盪，發出肆無忌憚的大笑。

莫霄陽立於陣眼，面對無邊殺意，咬牙聚力。

這是他渾身上下，僅存的最後幾絲靈力。

還有……最後一瞬。

數隻邪魔猛然突襲，年輕的修士們催動氣力，竭盡所能凝出屏障，陡然之間，一道白芒湧過——

莫霄陽輕咳一聲，喉間腥氣陣陣，嘴角卻不由露出微笑。

這道白光，並非那面屏障所釋放。

在最後一瞬，耀眼的亮色自天邊生長，轟地一聲向四面爆開，頃刻間，天地為之變色。

浩蕩靈力洶湧澎湃、不可抵擋，伴隨縷縷清風溢滿每個角落，邪魔在光亮中無所遁形，哀號聲四起。

在最前方橫衝直撞的雷獸身形一頓，直直跌落在地。等眾人抬眼望去，巨大如山的影子不見了蹤跡，取而代之的，是個修為盡失、拳頭大小的紫色小毛球。

這是屬於雲水散仙的、絕對壓制的力量，短短一瞬，便封印了所有魔氣。

血霧和黑氣無聲消散，正殿裡的長明燈搖曳不定，一輪清月破開重重烏雲，灑落瑩白色輝光。

方才還嘈雜不堪的戰場，頃刻間陷入寂靜。

「我們……」良久，終於有人遲疑著開口：「我們活下來了？」

「他們成功了。」莫霄陽長舒一口氣，伸出大拇指，咧嘴傻笑：「我們活下來了！彈冠相慶、彈冠相慶！」

孟小汀一下子癱坐在地，筋疲力盡：「『彈冠相慶』是貶義詞啊笨蛋！」

「謝小姐和裴公子，勘破心魔了？」提著刀的壯漢說著沒忍住，一把摟過身邊一個少年的肩膀，號啕大哭：「我們活下來了，兄弟！」

一石激起千層浪。

偌大宮殿裡，響徹年輕修士們的狂呼。

「真的……真的活下來了！」

「道友，你方才那一招很不錯啊！要不改日咱倆切磋一下？」

「嚇死我了！嗚哇，祕境裡的靈氣什麼時候變得這樣濃郁！我修為好像連上了兩個小階！」

「真的，我我我也進階了！」

唯有壯漢身側的少年拼命反抗：「誰是你兄弟！你昨天不還說過，要跟我老死不相往來——不要把眼淚鼻涕擦在我身上，混蛋！」

「我以為要沒命了。」一名女修緩緩上前，提起雷獸化作的小毛球，拿手指輕輕一彈，引得後者一陣輕顫：「魔物都變成這種樣子了……這是它們小時候的模樣嗎？」

孟小汀哼哼冷笑：「魔獸肉，嘎嘣脆，用火烤一烤就能入嘴。」

雷獸自知大勢已去，淚眼汪汪，縮成圓團搖搖晃晃。

「總算解決了。」把她從地上拉起來的龍逍心滿意足，悄悄看手掌一眼，拿指尖摩挲幾下：「不知道裴公子與謝小姐那邊是什麼情況。」

神識製造的幻境裡，高牆上的火焰猶在熊熊燃燒。

畫面驟然靜止，謝鏡辭看見楚箏眼底的淚光。

她從沒笑過，更不用說哭泣落淚。

「周遠將妳帶出楚幽皇宮，妳本想謝他，卻聽他坦言，是太子下令送妳出城——對不對？」謝鏡辭眼底映著血一般的紅，語氣很淡：「妳想不明白他為何會放妳走，自己卻登上城樓，以身殉國，由此生出心魔，不得解脫。」

人與人之間的情感，其實有許多種。

惡意的、善意的，熾熱的、羞怯的，愛情、親情、友情，乃至再尋常不過的一絲善意。

太子對她的情感乾淨又純粹，不轟轟烈烈，卻足夠赤誠溫暖，而楚箏亦在連自己都不知曉的時候，對他生出了情愫。

只是她不知道而已。

她苦修傀儡術，在歸元仙府一遍又一遍重演當年的一切。

可惜在人為構建的故事裡，太子不會捨命救她，那個名叫楚箏的小姑娘，也不可能在書房裡忽然抬頭，與少年四目相對，帶著期許地問他：「那都是很好的地方，你不想去嗎？」

「妳探尋了這麼多年，其實想要的不是答案。」謝鏡辭嗓音微沉：「妳只是……還忘不了他。」

她說著稍作停頓，再開口時，語氣決然而篤定：「情為何物，其實妳早就明白了。之所以自欺欺人，是因為不敢面對，也不敢承認。」

——楚箏無法面對真相。

這是一段太過久遠的回憶，掩埋在黃沙與泥土之下，陳舊得無法改變分毫。

活下來的女孩不願接受那個人的死亡，當她勘破真相，會恍然發現，原來這是個關於「錯過」的，無法彌補的故事。

錯位的感激、錯位的期許，還有那些隱祕的念頭，即便乘著清風，也註定無法傳達。

識海碎裂，楚箏的身影越來越淡。

「我不知道……該怎麼辦。」瘦小的少女掩面痛哭：「不該是這樣的。」

她的人生毫無波瀾起伏，如同一潭寂靜死水。

那時她早就做好了赴死的念頭，在踏出房門的瞬間，死水卻被轟然攪碎，遠遠偏離正軌。

不該是這樣的。

「去找他吧。」謝鏡辭道：「去楚幽國故地，見那道風。」

在鏡面碎裂的聲響中，她不知想起什麼，深吸一口氣：「無論是感激還是別的情緒，全都告訴他吧——倘若把所有心思藏在心裡，等到錯過的時候，就再也沒辦法傳達了。」

立在她身旁的裴渡長睫一動。

楚箏靜靜看著她，半晌，眼尾一彎。

她竟露了笑。

識海劇烈動盪。

拉力自四面八方而來，不由分說緊緊錮住兩人，猛地一甩。

謝鏡辭再睜眼，已經回到了布置了清心陣的山洞。

那縷神識已然不見蹤影，太子的傀儡一動也不動坐在角落，雙目緊閉，嘴角依稀噙著笑，像是睡著了。

清心陣光亮大盛，原本充斥洞穴的魔氣蕩然無存。在陣法中央，以沉眠的女修為圓心，向四面八方蕩開靈潮，清明純淨，有如波濤。

謝鏡辭終於能看清雲水散仙的模樣。

她看上去比回憶裡更成熟了些，冰肌玉骨，冷意天成，長睫好似垂落的小扇，輕輕一顫。

「多謝二位助我勘破心魔。」

她沒開口，卻有清冷嗓音，響徹山洞，一縷風緩緩掠過，雲水散仙睜開了漆黑的瞳。

女修朝他們笑了笑，並非刻意扯著嘴角，而是順其自然，連眼底都溢著笑意。

「我將傾盡所能，滿足二位所有願望。」雲水散仙目光一動，似是察覺到什麼，多了幾分無可奈何的意思：「在那之前，還請允許我先行前往正殿，平息魔潮引來的動亂。」

正殿裡必然是妖魔鬼怪齊聚一堂，亂做一鍋粥。

謝鏡辭點頭：「多謝前輩。」

「把所有心思藏在心裡，等到錯過的時候，就再也沒辦法傳達……」女修靜靜一笑，若有所指，目光掃在她和裴渡身上：「這段話倒挺有用，是吧？」

執劍的少年收劍入鞘。

雲水散仙走得很快，身形一淡，不見了蹤影。

謝鏡辭連夜奔波，又接二連三進入他人識海，只覺疲憊非常，靠在身後的石壁上，緩緩坐了下來。

「我們休息一下，再前往正殿與其他人會合吧。」她說著吸了口氣，用神識感受身邊濃郁的靈氣，朝著裴渡勾勾手：「過來。」

裴渡不明白她的用意，卻也沒做多想，半跪於謝鏡辭身前。

「怎麼受了這麼多傷。」她指尖圓潤，劃過他胸前破損的衣物，輕輕一挑，便露出皮膚上血紅的長痕：「我先幫你上藥？」

僅僅是衣物被謝小姐挑開，就足以讓他耳根發熱，要是褪去衣物……

更何況這具遍布傷痕的身體實在醜陋，裴渡不願嚇到她，心臟一跳：「不用。」

謝鏡辭挑了挑眉。

她沒說話，裴渡卻瞬間明白了這眼神中蘊藏的意思——謝小姐分明想對他說，不必這般緊張，衣衫下的模樣，她又不是沒見過。

在鬼塚與她重逢後，出於療傷所需，他曾當著謝小姐的面……親自褪去了衣物。

裴渡抿唇，面上發熱。

「其實你不用凡事那麼拼命，總是衝在最前頭。」謝鏡辭抬眼與他對視：「你要是受了傷，我也會難受。偶爾也試著依靠一下我的力量吧，我能保護你的，裴渡。」

從來沒有人對他說過這種話。

謝小姐沒有笑，柳葉眼漆黑如墨，一眨不眨地看著他。空氣裡淌動著若有似無的熱，只是這樣簡簡單單的一句話，都能讓裴渡怦然心動。

心臟像被一隻手輕輕握住，用力一捏。

他沒忍住，忽地低下頭去，親了親謝鏡辭白皙的鼻尖。

謝小姐茫然地眨了下眼，眼睜睜看他臉上湧起緋紅，如同因為偷腥而不好意思的貓：

「對不起，這樣……會不會太唐突？」

哦——

謝鏡辭想起來了。

她眼前這位，是個名副其實的接吻藝術大師，在不久之前還信誓旦旦承諾過，要教她怎樣親吻。

翻譯一下，就是怎樣嘴貼著嘴，一動也不動維持一柱香的功夫。

之前時間匆忙，奔波之餘，全然顧不得其他，如今一切塵埃落定，她逗弄的心思倏然升起，終於可以直視著裴渡的眼睛，向他悠悠一笑：「你之前說要教我親吻……莫非就是這樣啊？」

裴渡瞬間僵住。

他怔忪的模樣尤為有趣，謝鏡辭幾乎要忍不住笑，伸出雙手環住他的脖頸：「不如來教教我吧……夫子？」

她把最後那兩個字說得格外清晰，彷彿當真在向師長求學問道，偏生又用著調笑的語氣，兩相映襯，更顯得洞穴之內曖昧非常。

「謝小姐。」裴渡感到慌亂，呼吸驟停：「可能會有人來。」

他一定不知道，自己故作鎮定、實則耳根通紅的樣子有趣至極。

也不可能知曉，越是慌張，就引得謝鏡辭越想逗他。

謝鏡辭挺直脊背，在心裡給自己悄悄打氣。

有件事情，她想做很久了。

自打裴渡說要教她，這股念頭就變得愈發濃郁，讓她情難自禁，這會兒天時地利人和，擺明了是在催促她快快行動，莫再猶豫——

反正裴渡不會做什麼出格的事，頂多紅著臉，發出幾聲低低的吐息。她有恃無恐，肆無忌憚，至於撩翻車，謝鏡辭這輩子都不可能翻車。

接下來的場景在她腦海中演練過一遍又一遍，但當真正開始的時候，謝鏡辭還是感到了前所未有的緊張。

裴渡話音方落，她聞言斂了神色，似是很認真地細細一想，卻並未卸下全部力道，而是撤出一隻手，不由分說覆在他雙眼上。

在陡然降臨的黑暗裡，裴渡聽見她的聲音：「這樣就看不見其他人啦。」

這種做法毫無道理，無異於掩耳盜鈴，少年果然又是一愣，但終歸沒有拂去她的手，而是默許了這個荒謬的動作。

謝鏡辭忍下笑意，語氣裡多出幾分失落：「你是不是不想教？倘若不願，那就算了吧，這種事強求不得，我明白的。」

掌心下的皮膚逐漸升溫。

在即將移開手的剎那，手腕被兀地按住。

裴渡被蒙著眼，由於置身於一片漆黑裡，只能憑藉感官去觸碰，笨拙地低下頭。

「不夠。」謝小姐的聲音縈繞在耳畔，帶著淺淺笑意：「還要再往下一些。」

她的聲音有如蠱惑，化作絲絲細線纏在他胸口，裴渡茫然且侷促，按捺住瘋狂跳動的心臟，把頭埋得更低。

他被撩撥得快要發瘋。

「別屏息。」謝鏡辭有意避開他的唇，覺得自己像白雪公主裡的惡毒後母，壞心思一套接著一套，偏生還樂在其中：「裴渡，你要是一直這樣，當心不知什麼時候就暈倒了。」

他被笑得面紅耳赤，脊背如野獸般微微弓起，輕顫著開始呼吸。

呼吸極輕極慢，竭力克制，微弱的氣流淌在兩人之間狹窄的間隙，說不出的勾人。

謝小姐只要對他笑笑，就能引得裴渡心亂如麻，此時這般逗弄，他如何招架得住。

呼吸交纏，他又往下探了一些。

這回觸到的並非虛空。

蜜糖一樣的觸感主動貼上他的雙唇，輕輕一抿。

唇與唇極快地擦過，引出直入心肺的電流，他目眩神迷，恍惚之中，聽見謝小姐的聲音，溫柔得如同誘哄。

「張嘴哦。」

裴渡一顆心臟懸在喉嚨，來不及思考，乖乖啟唇。

有什麼東西緩緩探了進來，蜻蜓點水似的落在他舌尖，稍稍一碰就迅速退開，淺嘗輒止，悄無聲息。

像是一滴雨落進池塘，雖然很快銷聲匿跡，卻勾起無窮盡的漣漪，一層接著一層，把水面變得淩亂不堪。

他怔愣了幾息的時間才反應過來，方才探進來的陌生觸感，似乎是……舌尖。

謝小姐的舌尖。

這完全超出了他的理解範疇。

裴渡腦袋轟地炸開，呼吸逐漸加重。

他倉皇無措，快要緊張到快失去意識，耳邊則是謝小姐的吐息。

碰到了。

謝鏡辭同樣心臟狂跳。

她理論知識極為豐富，操作起來卻笨拙，用了好大的勇氣探出舌尖，卻在相觸的剎那迅速退開，那麼短短一瞬，彷彿能聽見身體裡血液倒流的聲音。

什麼舌吻、深吻，全都沒有用。

這根本不是謝鏡辭在心裡偷偷擬好的計畫。

看了那麼多電影、小說，她本該臉不紅心不跳，毫不費力掌控全局，運用出神入化的技巧，讓裴渡從此頂禮膜拜，大呼意想不到。

明明前面的一切步驟都穩穩當當，她甚至把妖女、綠茶和病嬌的臺詞從頭到尾全看了一遍，設下陷阱步步撩撥，可誰來告訴她——

為什麼只是那麼輕微地碰一碰，腦袋裡就會像火山爆發。

舌尖還熱熱發麻，仍然殘留著那時的觸感，謝鏡辭抿了抿唇，頹喪不已。

她好慫，好沒用，根本沒辦法像信誓旦旦決定的那樣，拿舌頭狂甩裴渡嘴唇。

話本裡的主角們，到底是怎樣才能做到無師自通、沒有一丁點猶豫羞怯？

好在裴渡被蒙著眼睛，看不見她半途而廢的懊惱模樣，密室裡一片寂靜，沉默灼得人心裡發慌。

謝鏡辭輕咳一聲，掩下心中緊張，出言打破沉默：「我倒是聽說，親吻應該像這樣——這個你也會嗎？」

他哪裡會這個。

這在從前，是裴渡在夢中都不敢肖想的動作。舌尖相觸的那一瞬間，就能把他的魂魄勾去大半。

他惶恐不堪，既覺得冒犯了謝小姐，又忍不住跟隨她的牽引逐漸侵入，更深的占有她。

謝鏡辭料想他不敢亂動，在心裡做了個鬼臉。

讓你裝得那麼會，還不是在陰溝裡翻了船，大呆鵝。

裴渡在外人面前拿著劍時，端的是一派霽月清風、高不可攀。除她以外，修真界恐怕無人能想到，這名天才劍修竟會有像這樣滿面緋紅、茫然失措的時候。

因為雙眼被捂住，從謝鏡辭的角度看去，只能望見他高挺的鼻梁與緊抿的薄唇，唇瓣微張，潤著層淺粉水色。

實在過於可愛，瞬間就把接吻失敗帶來的懊惱掃蕩一空。

她實戰不行，一張嘴倒是格外會說，見狀揚唇笑出聲，又起了捉弄的心思，得寸進尺：「教教我嘛，裴渡。」

手心被顫動的長睫掃了掃。

這原本是句玩笑話，她認定眼前的人不會有動作，所以才張牙舞爪、步步緊逼。

因此當裴渡欺身而下，封住她嘴唇時，謝鏡辭很沒出息地愣住。

謝鏡辭：嗯……？

嗯嗯嗯？？？

生澀的試探。

裴渡毫無經驗，吻技爛得徹底，不會運用任何技巧，只懂得用舌尖輕輕觸碰。

他身為主動的一方，比謝鏡辭更加緊張，臉紅得像是水煮蝦，脖頸上的脈搏砰砰跳動。

唇瓣相貼的地方一片滾燙，舌尖更是炙熱，讓她恍惚有種錯覺，彷彿一團火焰溫柔碾轉，所過之處盡是酥麻，讓人不由自主地顫慄。

等等。

……這是怎麼回事？

謝鏡辭被堵在石壁上，渾身上下動彈不得，在他毫無章法的親吻之下，幾乎沒辦法呼吸。

她的心跳快要衝破胸口，想讓裴渡停下，喉嚨卻被堵住，發不出任何聲音。

像在夢裡。

親吻應當是這樣的感覺嗎？

在此之前，謝鏡辭從來不知道，原來接吻真能讓人渾身酥軟，像被電流碾過骨頭，恍惚得如墜夢境。

蒙在他眼前的手沒了力氣，軟綿綿垂在身旁，一時間四目相對，裴渡眸色微沉。

謝鏡辭乍一見到他的眼睛，更覺腦子裡咕嚕嚕冒熱氣。

該死，這叫什麼。

陰溝翻船，自作自受，風水輪流轉。

——這才不是說好的劇本！裴渡應該臉紅著躲開，而不是一邊臉紅一邊按住她！要說深吻……她也是第一次啊！

許是見到她泛紅的雙眼，裴渡呼吸一滯，終於退開。

他動了情，鳳眼中滿溢著淺淺的光，卻在退開的瞬間神色怔住，喉頭一動。

「謝小姐。」裴渡語帶歉疚，倉皇對她道：「我好像……把妳的嘴，弄壞了。」

謝鏡辭：「……」

謝鏡辭面無表情，伸手摸了摸自己的下唇。

應該是又紅又腫的模樣，因為裴渡的唇瓣同樣染著殷紅，看上去像是沾著血色。

「這不是……弄壞。」她努力按壓太陽穴，停頓須臾，才說出最後的話：「這是代表，那個……你做得很好。」

啊救命她在說什麼！怎麼能因為裴渡可憐兮兮的樣子，就講出這種違心的話！她才不願意被裴渡按著親！他的技術更沒有很好！

……雖然她並不討厭那樣就是了。

近在咫尺的少年安靜地看著她，眼中歉疚逐漸消散，化作一絲羞赧笑意。

「謝小姐。」他小心翼翼地開口：「再來一次，可以嗎？」

沒等她做出回應，裴渡再度欺身上前。

薄唇覆在她之上，一寸一寸地壓，溫熱觸感相撞，溢出微弱的、讓人臉紅的水聲。

他的呼吸仍舊很輕，有時停下動作，用耳語般的音量問她：「這樣可以嗎？」

謝鏡辭哪有力氣回答，只想把自己縮成一團。

她紙上談兵的功夫一套接著一套，輪到實戰，完全成了不知如何是好的軟腳蝦，聞言拼命吸了口氣，低不可聞地回應：「……可以。」

——不對！她在做什麼！不要回答，不要回答、不要回答！

裴渡眼裡笑意更濃，倏而又問：「我能……再用力一些嗎？」

明明做著那麼令人臉紅的動作，講出來的話卻純良至極，讓她完全找不到理由責怪。世界上怎麼會有這麼過分的人。

謝鏡辭真想敲他腦袋，又冷又酷地應上一句「隨便你啦」。

但她話到嘴邊，便被裴渡的攻勢吞沒，變成一團毫無意義的吐息，以輕哼的形式響在兩人耳邊。

這道聲音曖昧至極，有如欲拒還迎。

救命救命。

謝鏡辭心裡的小人尖叫不止，瘋狂以頭搶地，這不可能是她發出來的聲音！

裴渡顯然發覺了她凌亂的氣息，伸出手，摸摸她的後腦勺：「謝小姐，別怕。」

他好開心。

謝小姐並不排斥這般親暱的觸碰，還對他說了「可以」。

他的身體像在被火焰熊熊灼燒，心裡如同裹了糖，眼底情不自禁溢出笑意。

少年黑瞳幽深，唇角微勾的時候，頰邊現出小小的酒窩。

這是他期望了十年的姑娘。

謝小姐也喜歡他。

他不滿足於淺嘗輒止的觸碰，瘋狂的念頭在心底肆意生長，想要攫取每一縷氣息、探尋每一寸角落。

裴渡話音含笑，低啞得恍若呢喃，用唇瓣勾勒出她嘴角的弧度：「……我來慢慢教妳。」

然後俯身，用力。

謝鏡辭覺得很慌。

如果從一開始，裴渡就是暴君的形象，那她定會好好做人，不去招惹。

可他當了這麼多年的兔子，向來溫溫和和、一派正經，連擁抱都覺得逾越規矩，稍微被碰一碰，都會瞬間滿臉通紅。

像這樣的人驟然反撲，褪去層層溫良，變得吃人不吐骨頭——真的很讓人心慌。

更可怕的是，當一切塵埃落定，她一邊面色緋紅猛地吸氣，一邊看著裴渡直起身子，居然發現他的臉同樣滾燙，等眼中濃郁的情愫漸漸褪去，又恢復了如往日一般的純良模樣。

他甚至伸手碰了碰她的嘴唇，黑眸深深，極認真地問：「疼不疼？」

謝鏡辭腦子裡一團漿糊，又急又羞，沒做多想咬上他的指尖，引得裴渡陡然停住。

如今魔氣盡退，歸元仙府充滿澄澈靈力，因為雲水散仙參悟得道、修為大增，濃郁程度更甚以往。

謝鏡辭體內所剩無幾的氣力得以補充，沒過太久便恢復了平日的狀態，稍作歇息後，與裴渡前往正殿。

因著暴增的靈氣，祕境之中萬物復甦。

如蓋的參天古木鬱鬱蔥蔥，每片葉子都像被水洗刷過，綠意盈盈。正殿之外藤蔓瘋長，以肉眼可見的速度爬滿整面牆壁，帶著幾朵小白花點綴其中。

謝鏡辭一路走一路驚嘆，瞥見正殿的模樣，忍不住惋惜出聲。

和其他地方的生機勃勃相比，正殿建築損毀大半，幾乎看不出原本的模樣，望一眼，就能想像出當時九死一生的驚險景象。

最右邊的高閣轟然塌陷，化作堆積成山的齏粉；房檐與屋頂皆被掀飛，琉璃瓦摔落在地，一片片碎開；地上則散落著道道血跡，鮮紅、青黑、深綠，種種不同的色澤逐漸乾涸，凝固在價值不菲的地磚上。

「辭辭！」孟小汀一眼便見到謝鏡辭的身影，小跑著迅速趕來，一把摟住她脖子：「太好了！我就知道你們一定能打敗心魔！」

「大都是裴渡的功勞。」謝鏡辭摸摸她的腦袋：「他受了傷，正殿裡還有多出的醫修嗎？」

迎戰那團心魔的時候，全靠裴渡拔劍上去硬扛，她入了他的識海，又有雲水散仙散落的神識在一旁保護，沒受嚴重的傷。

謝鏡辭話說完，才意識到自己只顧提及裴渡，全然沒去關心其他，於是後知後覺補上一句：「你們這邊如何了？」

「不用掩飾！妳張口閉口都是他！」孟小汀哼笑一聲，杏眼不由發亮：「我們這邊超超超刺激！邪魔即將衝破劍陣，馬上就要把我們幹掉，千鈞一髮之際，魔氣突然消失了——幸虧你們能把雲水散仙喚醒，否則正殿裡的所有人都沒命了。」

「對啊！那時候我嚇壞了，魔氣瞬間不見的時候，差點以為是在做夢。」聞訊而來的醫修少年長長舒了口氣，眉目之間仍然殘留著劫後餘生的緊張。他說著看向裴渡，溫聲道：「裴公子，你受傷不輕，還請隨我來。」

裴渡滿身是傷，謝鏡辭雖然在意，身為女子，卻不便站在一旁觀望，只得與他短暫道別。

之前在後山的時候，四面八方盡是茫茫樹海，見不到天空，如今來到正殿前，她抬頭一望，不由怔住。

天邊一碧如洗，穹頂澄澈得好似鏡面，祥雲徜徉其間，暈開令人心曠神怡的淺粉和淡藍，百鳥彙聚，仙鶴繞頂，乍一看去蔚為壯觀，恍若夢境。

修真者突破下一大階的時候，天邊會湧現諸多祥瑞，其中以祥雲最為常見，但歸元仙府頂上這一團又一團……

謝鏡辭呆呆一指天邊：「這得有幾十上百了吧？」

「因為經過方才一番死戰，不少人的心境都突破了嘛！再加上祕境靈氣大增，所有人的修為蹭蹭蹭往上漲，進階突破是遲早的事。」孟小汀快活地揚揚下巴：「比如我，連升三個小階，已經是金丹中期的水準了。」

謝鏡辭這才反應過來，凝神查探自己的識海。

她原本是金丹高階，此時修為同樣大漲，已然到了金丹期大圓滿，只需要一個機緣，就能步入元嬰。

想到這裡，謝鏡辭有些頭疼。

也許是因為缺失的那縷神識，她體內靈力充盈，幾乎要從識海裡溢出來，奈何就是無法突破進階。至於那所謂的「機緣」，說得好聽，也不知何時才會來。

她思緒未停，忽然聽見不遠處傳來轟隆隆的雷聲。

「不少人雷劫將至，全聚在那邊。」孟小汀饒有興致地笑笑：「咱們去看看吧？」

眾所周知，修士進階之際，除了會出現滿天祥瑞，緊隨其後的，還有讓無數人又愛又恨的雷劫。

倘若能挺過這一關，就能迎來一帆風順的康莊大道，但要是撐不過去，那天邊飄浮的雲，就是為他祭奠的白花。

進入歸元仙府的，大多數是金丹期修士，因為難以尋得進階之法，便前來仙人洞府，試著求一求機緣。

此番魔氣大盛、妖魔肆虐，是所有人都意想不到的變故。好在最終化險為夷，危機成了轉機，陰差陽錯之下，讓眾多的修士得以突破元嬰。

謝鏡辭跟著孟小汀來到後花園時，園子裡已經聚集了十多個人，見到她的身影，紛紛點頭致意。

「謝小姐。」距離最近的年輕女修朗聲笑笑：「此次多虧二位以身涉險，才助我們活了下來——多謝。」

「沒什麼好謝的。」她禮貌地回以一笑：「之所以能擊潰死局，諸位亦是功不可沒。是我要感謝道友，竭力拖住魔潮，為我和裴渡爭取了時間。」

謝鏡辭說著抬眸，視線掃過後花園，瞥見一束刺目疾光。

這道劫雷，即將落在一個面目清秀的少年身上。

她還沒來得及做出反應，便聽見耳邊傳來叮咚一響。

系統被關了禁閉，許久沒有出現，乍一聽見它的聲音，謝鏡辭竟感到些許懷念。

然後在下一瞬，就意識到大事不妙。

在禁閉之前，它帶來的人設，好像，似乎，也許，是海王。

那現在——

神識緩緩上移，來到系統面板上，謝鏡辭一眼就看清了文字，腦袋像被重重一敲。

『不遠處的少年神色緊張，顯然是個還沒到金丹的菜鳥，不懂得應該如何面對雷劫。身為海王，看著慌亂的他，妳心中怎能不生出憐惜之意。』

『遵循人設，上前幫他一把，努力變得更親近吧！』

這是什麼魔鬼任務。

要是在以前，謝鏡辭必然能毫不猶豫地上前搭話，但如今的境況截然不同。

——她可是有未婚夫的人了！要是有了裴渡還去招惹別人，這不是海王，分明是妥妥的渣，她才不要拿追夫火葬場的劇本！

『拜託，我給的任務已經很溫和了。』系統捶她腦袋：『只需要告訴他渡劫的辦法就行，妳就當路見不平拔刀相助，做好事嘛。』

它說罷輕咳一聲，音量逐漸降低：『而且，妳懂的，裴渡又不在。』

——這句話果然更加做賊心虛！

不過有一點，系統沒有說錯。

比起眉來眼去、拈花惹草，這個任務其實算正常，指點一兩句渡劫心得，完全能解釋為來自陌生人的善意。

她沒有細想，輕聲開口：「雷劫到來之際，記得丹田下沉、把靈力集中在每條經脈。一旦觸碰到雷光，便調動氣息，用靈力包裹。」

少年抱著一把刀，面色嚴肅，點了點頭：「多謝。」

他之前是築基大圓滿，來此突破金丹期，雷劫不算太難。

疾光從天際垂落，照亮少年慘白的面頰，他深深吸了口氣，按照謝鏡辭所講的方式，用靈力逐漸消磨雷光。

這段時間並未太久，當白芒散盡、年輕的刀修重新睜開雙眼，瞳孔多了幾分亮色，周身氣息更為澄澈。

「恭喜。」之前與謝鏡辭交談的女修笑道：「你金丹了。」

「多謝謝小姐！」少年咧嘴一笑，兩眼放光：「我是個散修，糊里糊塗到了如今的修為，不懂應當如何渡過雷劫。倘若沒有謝小姐相助，不知道會吃多少苦頭。」

謝鏡辭搖頭：「不用。」

「我早就聽說過謝小姐的名姓，聽聞用刀一絕。」他有些不好意思：「我也在學刀。雖然現在修為還不高，但我會努力修煉，希望能在某天，和小姐好好切磋一下。」

這是赤誠的少年心性，把她當作了想要戰勝的目標。

謝鏡辭把裴渡當成競爭對手這麼多年，很能體會這種心態，揚唇笑了笑：「好，加油，我等著切磋的那天。」

「真的？」修真界的天才們大多恃才放曠、眼高於頂，少年沒想到她會答應，雙眼一彎：「謝小姐，我聽聞妳修煉的是逆水訣，三年前我在滄州探險，正巧撿到一冊相關的元嬰心法，只可惜沒帶在身上。不知妳可否將傳訊符的地址給我，等離開歸元仙府——」

他說到這裡，忽然目光一轉，像是見到什麼人，笑意更深。

謝鏡辭聽見他道：「裴公子，你也來了！」

謝鏡辭後背倏地一僵。

她自認沒做虧心事，但回頭轉身的剎那，還是莫名感到一絲絲做賊心虛，等對上裴渡漆黑的雙眼,更是胸口發緊,下意識指尖蜷縮。

糟糕了。

裴渡他他是不是有點不大高興?他們方才進行到哪一步……交交交換通訊位址?

她沒答應啊!

「我替宋師兄送藥,正巧路過此地。」裴渡面上溫和,看不出情緒起伏,與她四目相對,甚至揚了揚唇:「謝小姐、孟小姐。我還要回房喝藥,先行告退。」

尋常得看不出任何貓膩。

謝鏡辭更心虛了。

一個聲音在耳邊叫囂:「沒事啦沒事啦,妳只跟人家說了幾句話,碰都沒碰一下,他怎麼可能想多。」

另一道聲音義正辭嚴:「怎麼就不可能想多!性格再好的人都會吃醋!如果裴渡他吃醋了呢!」

吃醋。

這兩個字,似乎很難與裴渡聯繫在一起。他向來都是溫和的、不爭不鬧的,安安靜靜待在角落,沒有太多情緒。

會撒嬌的小孩有糖吃,所以他從小到大,除了滿身的傷,什麼也沒得到。

管他有沒有不高興。

謝鏡辭猛地一拍孟小汀肩頭：「我先去找他，等會兒傳訊符聯繫。」

謝鏡辭不知道裴渡所在的房間，憑著直覺去找，頭一個來到他們之前待過的小室。也是她向裴渡告白的那個小室。

如今回想起來，連謝鏡辭本人也忍不住詫異，當時腦子一抽，她怎麼會有那麼大的勇氣。

她不確定小室裡有沒有人，沒抱太大信心，輕輕敲了敲房門。

房裡傳來的聲音再熟悉不過，溫溫和和，清澈得像風：「進來。」

謝鏡辭沒想到他當真在這裡，裴渡顯然也沒料到，進來的人會是她。

他身上傷痕被包紮，鮮血淋漓的衣物換下，穿了件繡有月槿雲紋的白衣，正乖乖坐在角落，見她進來，怔忪一瞬：「謝小姐。」

魔潮退去，正殿荒蕪不堪，很多人都去別處尋歇息的地方，舒舒服服躺在大床上。只有裴渡還留在狹小冰冷的房間。

「這裡不會很冷嗎？」謝鏡辭摸摸鼻尖：「連床都沒有。」

「……無礙。」他斂去茫然的神色，仍是溫聲：「謝小姐恢復得如何了？」

「挺好，我本來就沒受什麼傷。」

——不對！為什麼她和裴渡開始尬聊！

謝鏡辭只想猛敲自己腦袋。

她連安慰人都很少有，更不用說置身於這樣的境況之下，在路上想了一句又一句臺詞，到頭來還是不知道應該說什麼才好。

『我不是給妳支過招嗎？』系統又探頭：『海王解決這種事情，很有一手的！』

謝鏡辭眉心砰砰地跳：「閉嘴，求你。」

天地可鑑，海王的臺詞是正常人能用的嗎？

什麼「那只不過是逢場作戲，你要這麼想，我也沒辦法」。

什麼「我和他只是朋友，我怕你生氣才沒告訴你」。

還有什麼亂七八糟的「那你想怎麼辦，我還能怎麼辦」、「你就用寬大的胸襟，來容納一下他吧」、「你給我點時間，我一定改」。

謝鏡辭看得腦袋疼。

她要是從中選擇一句念出來，莫說裴渡，連她自己都聽不下去，估計會當場暴斃。

「我和小汀路過那裡，看見他們渡劫，就上前湊了熱鬧。」謝鏡辭竭力思考語句：「然後，順便，指點了一下。」

她聲音微頓，加重語氣：「我沒給他傳訊符地址！」

裴渡一怔。

他不傻，很快就聽出這段話裡的意思——謝小姐看出他彆扭的心思，不願讓他難過，竭盡所能哄他。

……她分明什麼也沒做錯。

向其他道友指點雷劫，是修真界裡再尋常不過的事，那少年要回報，討來她的傳訊符，同樣理所應當。

全怪他心胸狹隘，哪怕只是見到謝小姐朝著那個人笑，心裡都會湧起可恥的澀。

這種念頭並不好。

她那麼好，理應遇見許多優秀的人，結識越來越多貼心的朋友，他不能因為一己私欲，就把謝小姐禁錮在自己身邊。

裴渡眸光微暗。

以往遠遠看著時，見到謝小姐同旁人說笑，心裡不敢生出逾越的念頭，只能悄悄想著，如果站在她身邊的那個人是自己，會是怎樣的景象。

每每想罷，都覺得自己可笑至極，只能藏在暗處窺視，像是卑劣的野獸。

那時只要能看到她的身影，一整天都會變得格外開心。如今待他漸漸與謝小姐熟絡，心裡陰暗固執的念頭竟越生越多，得寸進尺，不知滿足。

裴渡討厭這樣自私的占有欲，心中卻忍不住想，等她遇見的人越來越多，一旦感到厭倦，會不會丟掉他——

其實就算真變成那樣，只要曾陪在謝小姐身邊，便已讓他感到滿足，可一旦想起，還是會感到難過。

他真是糟透了，居然還要謝小姐來哄他。

……在此之前，好像從沒有人，願意哄一哄他。

「既然對你說了那些話，我就一定會負責。」謝鏡辭一步步往前，坐在他身邊：「我一直很負責任。」

啊救命，她在胡說八道什麼！這不是正常的臺詞！

謝鏡辭腦子裡亂糟糟，在一片空白裡，突然又聽見熟悉的叮咚響。

那是系統的聲音。

『叮咚！』

『檢測到位面偏移，人設發生改變，正在嘗試匹配，請稍候……』

『恭喜！全新人設：嬌氣包已發放，請注意查收。』

嬌氣包。

在眾多詭異的人設裡，這三個字顯得那麼和藹可親、平易近人。謝鏡辭對這個人物有印象，和那群腦子不太正常的女王、病嬌相比，嬌氣包只是個愛撒嬌的普通小姑娘。

雖然有點做作，有點黏人，也有點煩人。

但她總不會講一些「你若傷我姐妹翅膀，我必毀你整個天堂」之類的陰間鬼話啊！

謝鏡辭從沒像現在這樣，覺得系統的聲音宛如天籟。

在那幾段文字浮現的時候，她整個人彷彿沐浴著聖光，能立刻高唱一首哈利路亞。

對啊。

裴渡不高興，她只要撒一撒嬌，一切不就全都迎刃而解了嗎！

謝鏡辭忍住心中激動，把目光往下挪，看系統給出的臺詞一眼。

謝鏡辭表情瞬間僵住。

差點忘記，這嬌氣包講出來的臺詞……全都是超級老套的土味情話啊！

「謝小姐。」身旁的裴渡低聲開口：「我沒有不高興，妳不必因為我……耗費精力。」

他其實不太懂得怎樣與人相處，面對謝小姐，更是無時無刻小心翼翼，在話音落下時攥緊衣袖，靜靜等待回應。

像這種見不得光的小心思，他一個人慢慢消化便是，哪需要勞煩謝小姐來哄他。

「什麼叫『耗費精力』。」

寂靜一瞬。

謝小姐忽然朝他靠近一些，輕輕笑了笑：「裴渡，我忽然發現，你好像不適合談情說愛。」

少年的身體陡然緊繃。

心臟像從高處墜下，胸口空落落的什麼也不剩，在生生發疼的時候，又聽見謝鏡辭的聲音。

她笑意加深，湊到他耳邊，說出的每個字，都重重砸在裴渡心上：「你這麼好，適合用來成婚，然後好好藏在房間裡，只屬於我一個人，不讓其他人看到。」

不。

太土了，太土了。

謝鏡辭心裡的小人拼命撞牆，卻又莫名感到一氣呵成的舒爽，對著裴渡念出這種句子，並沒有預料之中那樣令她反感。

居然還有一點點開心是怎麼回事！

這是他從未料想過的話，無比直白，也勾人至極。

裴渡耳根驟紅。

「不高興不用憋在心裡，告訴我便是。」謝小姐說：「不要總是替我著想啊，凡事悶在心裡怎麼行。我們裴渡這麼討人喜歡，和你待在一起，每個時刻都是享受，哪能說『耗費精力』。」

系統一陣惡寒：『好噁心哦，妳自己加了這麼多臺詞。』

謝鏡辭哼哼，按捺不住心裡的躍躍欲試：「要你管。」

「謝小姐。」裴渡聽得面紅耳赤，聲音低不可聞：「……妳不要捉弄我。」

「沒捉弄你啊！全都是真心話。」謝鏡辭忍著笑，輕輕吸了口氣：「你身上有沒有用薰香？為什麼一見到你，周圍都是甜的，好奇怪。」

太土了。

但是好開心！她覺得自己打開了新世界的大門，即將無師自通！嬌氣包，真香！

裴渡已經低著腦袋，說不出話了。

「裴渡。」系統給出的兩句臺詞已經到了尾聲，謝鏡辭卻沒停下：「你知道最讓人開心的數字是幾嗎？」

他悶悶搖頭，聽她繼續道：「是五哦。想不想知道為什麼？」

像在哄小孩。

裴渡強忍住飛快的心跳，拘謹點頭，耳邊仍是謝小姐的笑聲：「你伸出手，比一個五，就知道為什麼了。」

他乖乖照做，伸出生著薄繭的修長右手，五指張開，比出端端正正的五。

於是一隻手輕輕覆上他的掌心。

在此之前，謝鏡辭一直不理解撒嬌的意義。

她習慣拔刀往前衝，或是透過撒錢的方式向別人表達善意，唯有面對裴渡的時候，突然覺得，好像撒嬌也很有趣。

在他面前，她可以盡情服軟，只要能讓裴渡高興，心裡就雀躍不已。

看來她真的很喜歡裴渡。

謝鏡辭的手纖細許多，手指冰涼，順著他五指間的縫隙往下，一瞬間十指相扣。

柔軟的觸感包裹裴渡。

她問：「是不是挺開心的？」

系統連連搖頭，震驚不已：『噫，我的天吶，妳好肉麻，這就是傳說中的青出於藍而勝於藍嗎？』

它看不下去，選擇下線消失。

裴渡沒說話，薄唇緊抿。

……他太開心了。

胸腔裡的洪流一波接著一波，把心臟沖撞得搖搖欲墜，他快要承受不住如此熾熱的溫度，在荒蕪貧瘠的心上，生長出一朵朵小花。

腦子裡有個小人竄來竄去，抱著糖漿肆意揮灑。裴渡想把自己蜷起來，或是拿被褥捂住臉，只有這樣，才不會被謝小姐發現他嘴角上揚的弧度。

怎麼會有這麼濃郁的情緒啊。

「在來之前，我仔細想了一下。」謝鏡辭瞥見他像在做夢的神情，噗嗤笑出聲：「很多人叫你裴渡，我們既然是能手牽著手的關係，在稱呼上，是不是應該更獨特一些？」

裴渡心頭一動，啞聲應她：「謝小姐……想叫我什麼？」

「我準備了三個稱呼，你聽一聽。」

裴渡點頭，還沒來得及整理心緒，就聽她叫了聲：「渡渡。」

防禦瞬間破裂。

他抿著唇，眼底卻溢出滿滿的笑。

「然後是——」謝鏡辭察覺了這道笑意，聲音更柔：「裴渡哥哥，你在笑耶。」

裴渡的臉果然更紅。

她心裡的小人止不住大笑，有些人在山洞裡天不怕地不怕，到頭來，還不是要敗在情話之下，變成軟腳蝦。

大仇得報，普天同慶。

他臉紅的樣子真的好可愛哦。

他被當面戳穿，正要收斂神色，頰邊的酒窩就被一戳：「第三個，小嘟嘟嘟嘟嘟——你最喜歡哪一個？」

裴渡遲早會被她折磨到發瘋。

但此時此刻，在瘋狂躍動的心跳聲裡，他心甘情願跟隨著謝小姐的牽引，極小聲地回應：「……第二個。」

「噢——裴渡哥哥，原來你中意這樣的稱呼。」謝鏡辭得意洋洋地笑，將這四個字咬得格外重，尾音噙著笑，飄飄悠悠往上翹。

裴渡已經臉紅到發懵，如同置身於熾熱的糖漿，在短暫寂靜之後，又聽她繼續道：「裴渡哥哥喜歡貓咪還是狗狗？」

她故意叫那個稱呼，咬字清晰，裴渡聽出其中蘊含的笑意，倉促垂下眼睫。

在此之前，他從沒想過這個問題。

小時候整日疲於奔命，沒有閒下來的時候；長大入了裴家，亦是每日練劍，除了停在樹上的鳥雀，沒見過太多動物。無論貓還是狗，對於裴渡來說，並沒有太大不同。

但現在，他有了答案。

慵慵懶懶，高傲優雅，又神祕不可測的，如同謝小姐一樣的答案。

裴渡答：「貓。」

近在咫尺的姑娘朝他微微一笑。

謝鏡辭的柳葉眼纖長漂亮，彎起來時形如月牙，眼尾悠然上挑，有種說不出的撩人。她一笑，裴渡就下意識感到慌亂，好不容易趨於平穩的心跳，再度劇烈顫動。

他看見謝小姐一點點往前，氣息擦過脖頸，來到耳邊。

溫熱的吐息好似千百隻螞蟻啃噬在心頭，他不知該如何是好，聽見謝鏡辭輕笑一聲。貼著他通紅滾燙的耳垂，唇瓣無聲開合，在靜謐小室裡，發出比水更柔軟的耳語：「別不高興啦，喵喵。」

煙花一樣的白芒爆開，從耳畔到大腦，再沁入沸騰著的血液，層層轟炸。

裴渡丟兵棄甲，潰不成軍，軟成一灘爛泥。

他徹底沒有辦法，在極致的溫柔下，只能笨拙地伸出手，將謝小姐輕輕抱進懷中。心尖，脊背和手指都在顫慄。

少年未曾體會過這樣的恩寵，因而連嗓音也發著抖，如同低啞的祈求：「謝小姐……饒了我吧。」

第二章 嬌氣包屹立不搖

謝鏡辭開心到旋轉起飛，並且確信嬌氣包的人設還能屹立不倒一百年。

在尚未明確心意時，她無論抽中哪個設定，都會覺得行為舉止太過輕浮，不得已冒犯了裴渡。

可一旦相互表明心意，什麼輕浮曖昧，通通變成了屬於兩個人的樂趣。她甚至覺得有些遺憾，沒把之前幾個人物設定發揮得淋漓盡致，好好看看裴渡害羞臉紅的模樣。

世上怎麼會有這樣可愛的人，讓她忍不住想要親近。

在歸元仙府的幾日晃眼而過，很快就到了祕境重開的時候。

多虧有仙府中濃郁清澈的靈氣，加之大戰錘煉，不少修士進階了，不負此行。

至於雲水散仙，自從心魔被除，她總算能偶爾露出幾分笑意，大多數時候沉默不語，不知在思索何事。

這位前輩性情閒適，對於靈器法寶沒有太多留念，為答謝破除心魔之恩，拱手相贈了數不清的天靈地寶，看得眾人目瞪口呆，差點高呼女菩薩。

謝鏡辭和裴渡得到的饋贈最多，全是可遇不可求的珍稀寶貝，細細一辨，竟有不少可以作為藥材，供孟小汀娘親服下，助其更快醒來。

「妳雖神識受損，但進階元嬰是遲早的事，無需過於急躁。」生了對琥珀色瞳孔的女修面如白玉，語意溫和：「我已用靈力為妳填充識海，若無意外，七天之內便可突破——如今道友雖是金丹，待得突破瓶頸，累積的靈力四溢，必定扶搖直上，連升數個小階。」

也就是說，她不破則已，一旦來到元嬰，修為就能蹭蹭蹭往上漲，直達元嬰高階。

滯留在謝鏡辭身體裡的靈力太多，如同容器裡不斷灌入的水。容器的容量總有限，超過限度憋得太久，等瓶口被打開，必然迎來井噴式的突破。

「多謝前輩，」謝鏡辭笑笑，「前輩打算繼續留在歸元仙府嗎？」

雲水散仙沉默一瞬。

「我會出去。」她仍是沒有太多情緒，連笑起來的時候，也不過是把嘴唇揚起輕微弧度，語氣淡淡：「去楚幽國故地看一看……凡人皆有轉世，不是麼？」

作為雲水散仙，她擁有足夠漫長的生命，能尋訪世間角落，前往山川河流、古榭樓閣，就像當初那個人所希冀的一樣。

同樣的，作為楚箏，她亦有足夠充足的耐心，心甘情願追尋那個人的腳步，等待著有朝一日，能與之重逢。

有個問題被藏在她心中許久。

她只想從那個人口中聽到答案。

謝鏡辭緩緩舒了口氣，眼底生出笑意：「謝府隨時歡迎前輩來做客——倘若身邊能再帶上一個人，那就再好不過了。」

她想起自己破損的識海，頓了頓，溫聲繼續問：「前輩能否看出，我缺失的那份神識究竟是何物？」

雲水散仙搖頭：「也許是一段記憶、一種能力，或是單純的一團靈氣，既已丟失，就很難辨出曾經的面貌。」

就像缺失的拼圖。

那份遺落的神識於她而言，似乎並沒有太大的影響力，就算丟失不見，也沒給日常生活帶來絲毫不便。

但它又十足重要，像一顆石頭重重壓在心上，化作解不開的結，把她的修為牢牢錮住，前進不得。

而且……據孟小汀所言，她曾在一次祕境中遇險，幸有裴渡相助，才在九死一生的困境中存活。可無論謝鏡辭如何回想，都記不起任何相關的片段。

莫非她缺失的神識，與裴渡有某種微妙的關聯？

謝鏡辭有些頭疼。

她的神識之所以散落，全因在東海之畔的琅琊祕境遇險，不但差點沒命，當日的記憶也消失大半，記不起罪魁禍首。

聽說謝疏和雲朝顏在出事以後，曾多次前往瑯琊搜查，無一不是一無所獲，找不到線索——

也就是說，真凶要麼早已離去，要麼修為不高，忌憚兩人的力量，不敢露面。

憑藉僅存的零星記憶來看，謝鏡辭當日遇險，很大一部分原因出自對方偷襲。

如今她修為大增，身邊又有數位好友相伴，倘若再探瑯琊，應該不會像之前那樣慘烈。

倘若真能抓到罪魁禍首，她定要將他千刀萬剮。

——不過那得等到幾日之後，再細做準備。

如今最重要的，是解決裴鈺之事。

歸元仙府驚變，諸多弟子身受重傷、置身於絕境之下，大部分的責任來源於他。

孟小汀的留影石盡職盡責，把裴鈺損毀劍陣、引出魔氣的畫面全部記下，等祕境一開，留影石影像一現，他百口莫辯，必然會澈底完蛋。

而事實證明，謝鏡辭所料不假。

當留影石在祕境外的所有修士面前被催動，畫面一一浮現，一片鴉雀無聲。

然後是排山倒海般的震撼與喧嘩。

那可是大名鼎鼎的裴家。

誰能想到，裴家二少爺竟會串通邪魔，險些害死祕境中所有弟子的性命，甚至在後來不知悔改、口出狂言，如同跳樑小丑，實打實的有辱門風。

更令人匪夷所思的是，他不惜以所有人的性命作為籌碼，費盡心思的目的，居然只是把罪名陷害給裴渡，讓後者墜入泥潭。

為了這一己私欲，不知有多少人差點陪葬。

而且——

「我說，這『串通邪魔』的事情，你覺不覺得有點耳熟？」

「當初在鬼塚，裴家不就向修真界大肆宣揚，說小少爺嫉妒心起，與邪魔為伍，想要害死白婉和裴鈺嗎？照如今這個情況來看……串通邪魔的，說不定另有其人吧。」

「要是在歸元仙府裡，裴鈺計策得逞，結局不就和那日的鬼塚一模一樣？你們說，這會不會是一出故技重施，只可惜當初成功，今日失敗罷了。」

「我從來沒信過裴家的鬼話。裴渡什麼性格，裴鈺又是什麼性格？明眼人都能看出誰善誰惡。」

「噓——妄談不得。不過按照裴風南那性子，兒子出了這種事，估計得炸了。」

裴風南的確炸了。

這位大能自視甚高，對子嗣更是嚴格。當初裴渡被誣陷與邪魔私通，他一怒之下不分青紅皂白，直接將其擊落懸崖，可見性情暴躁、眼裡容不得沙。

但裴渡與裴鈺，終究不同。

前者只是個不那麼重要的養子，充其量，是把光耀門楣的利劍。裴風南對他沒有太多親近，就算裴渡當真死去，也只會惋惜須臾。

但裴鈺是他實打實的親生兒子，骨肉血脈緊緊相連。裴明川是個成不得大事的廢物，唯有裴鈺，能讓他寄予厚望，是裴家唯一的未來。

此事一出，裴鈺澈底成了修真界裡的過街老鼠，連帶著裴府也抬不起頭，顏面無存。

歸元仙府裡的那段影像廣為流傳，被無數人以留影石爭相複製。

聽說裴風南仔仔細細看了十多遍，沉默許久，終是無法壓抑滿心怒火，靈力如潮奔湧而出，掀塌了十幾棟房屋。

顏面盡失，這並非最要命的一點。

祕境之變死傷慘重，無論世家大族還是宗門大派，盡數把矛頭指向裴府，要求一個交代。

賠償是一碼事，最讓裴風南頭疼的是，即便是他，也保不住裴鈺。

在修真界裡，惡意殘害正派同仁，實乃罪大惡極。此番裴鈺搗出這麼大的亂子，不知有多少人希望他死無葬身之地。

裴風南向來喜怒不形於色，卻在拿到留影石後，氣到發抖。

「誣陷，定是誣陷！」白婉咬牙切齒：「傀儡……歸元仙府裡那麼多傀儡和幻境，這一定不是真的！指不定是裴渡刻意陷害，用了個同小鈺一樣的假人，否則怎麼會突然出現留影石，恰好把一切記下來！」

她說到這裡，更加慌亂：「祕境裡的那群人必然不會甘休，我們一定要保住小鈺，否則他就完了！」

裴風南靜默不語，良久，眸色陰沉地看向她。

這雙眼漆黑，含著凌厲的冷意，只需一瞥，就讓白婉兀地噤聲，不敢再發一言。

「宴請各大世家門派。」他半闔眼睫，喉結一動，嗓音中竟是毫不掩飾的殺氣，寒涼刺骨：「三日之後，審判裴鈺。」

謝鏡辭沒在家歇息太久，就收到了裴府送來的邀請函。

邀請函風格是裴風南一貫的雅致肅穆，白紙黑字娟秀工整，說會在三日後，對裴鈺一事做出決斷。

審判定在清晨，前一天則是裴府設下的大宴，想來是為了安撫賓客情緒，也留給裴家最後一段緩衝的時間。

謝疏早就想為裴渡打抱不平，奈何與裴家相距甚遠，一直沒找到機會，得知此事樂得不行，早早帶著幾個小輩來到宴席。

「我聽說，裴家給每個進入歸元仙府的人都發了一份。」莫霄陽頭一回來到府中，好奇地四下張望：「這地方好奇怪啊——怎麼說呢，中規中矩的，不像活人住的地方。」

「裴風南就是這種性子。」雲朝顏淡聲應他：「因循守舊、古板固執，把修行看作生命裡的頭等大事，死要面子，毫無審美可言。」

「不過也正因為他好面子，所以即便是親兒子犯了錯，裴風南也不會刻意包庇。」謝疏懶聲笑笑：「明日願意站在裴鈺那邊的，恐怕只有白婉，但她勢單力薄，掀不起什麼浪來。」

謝鏡辭挑眉：「爹，以裴鈺這種情況，判決結果會是怎樣？」

「輕則剔除仙骨、挑斷筋脈，關入牢房，一輩子生不如死。」他摸摸下巴：「重一點嘛，以死謝罪囉。」

孟小汀打了個寒顫：「……總感覺第一種結局更慘啊，想想就讓人頭皮發麻。」

「裴鈺貪生怕死，如果讓他來選，肯定更傾向第一種。」謝鏡辭笑了笑，眼底卻沒浮起絲毫笑意：「只可惜他就這樣沒了，當初鬼塚那件事，還沒來得及查清。」

還剩下白婉。

鬼塚之變，已經過去不少時日。那是裴渡身上最大的汙點，不把真相公之於眾，謝鏡辭連睡覺都不得安穩。

比起年紀輕輕的裴鈺，白婉的心思要縝密許多。她究竟該用怎樣的法子……才能讓一切水落石出？

她想不出合適的方法，不由皺起眉頭，思索間，聽見孟小汀的絮絮低語：「等等等等，你們快看，那是不是裴風南？他好像朝我們這邊過來了！」

謝鏡辭心中一動，默不作聲抬起眼。

她曾見過裴風南幾次，在為數不多的印象裡，這位大能始終沉穩如山、喜怒不形於色，渾身上下環繞著凌厲劍風，讓人不敢靠近。

但此時此刻，他像是突然老了十多歲。

修真界駐顏有術，從外貌來看，裴風南仍然是二十多歲的青年模樣，劍眉星目、輪廓硬挺，奈何眉宇盡帶風霜，一雙眼睛更是黯淡，如同深潭。

跟在他身側的白婉面貌秀美，舉手投足自帶溫婉清雅，目光掠過裴渡，隱隱生出恨意。

看見這女人不高興，謝鏡辭高興得不得了，甚至舒舒服服地哼小曲。

「謝兄、雲夫人。」裴風南勉強扯出笑，末了看謝鏡辭一眼：「幾位小道友在祕境裡，沒受什麼傷吧？」

「其他人都還好，唯有小渡傷得比較重。」雲朝顏嗓音淡淡，似是想起什麼，做出恍然的神色：「不過也還好，不至於筋脈盡斷、修為全毀，能撐過去。」

她這是在明指鬼塚一事。

裴風南面色更尷尬，竭力保持嘴角的弧度，沉默著看向裴渡。

他有些訕訕，遲疑一瞬，仍是一副高高在上的模樣：「那日在鬼塚，的確是我急火攻心，沒有多加考量。你在外遊歷已久，打算何時歸家？」

聽聞讓他歸家，白婉不敢置信地睜大眼睛。

謝鏡辭心裡發出一聲冷笑。

她還納悶裴風南為什麼特地來和他們打招呼，原來是為了裴渡。

如今裴鈺完蛋，裴明川又是個慫包，裴府後繼無人，更沒有用來強撐門面、挽回名聲的青年才俊，裴風南定是走投無路，才會選擇重新拉攏他。

分明是他當著所有人的面，說要把裴渡逐出家門、從此再無關聯，如今開口，卻用「在外遊歷」這四個字，真是可笑至極。

哪來的臉吶。

莫霄陽神情無辜，面帶好奇：「啊？可我聽說，裴渡已經和裴家沒關係了——難道是記錯了？唉，鬼域消息就是閉塞，我的錯，我的錯。」

裴風南臉色一白。

「我知道，你心中還有怨氣。年輕人總會如此，我能理解。」他壓下煩悶，努力讓聲調趨於平穩：「可你不回家，我們怎能靜下心來，好好查明真相——裴府養你這麼多年，我們之間的情分，豈是一場誤會就能抵消的？」

他一番話說完，裴渡沒做反應，反倒是一旁的白婉捏緊了拳。

什麼「靜下心來，好好查明真相」？

當初在場的僅有三個人，一旦摒除裴渡的嫌疑，有機會下手的，只剩下她和裴鈺。

他此種態度，擺明了是把心思放在裴渡那邊？這豈不是在當著她的面打她的臉，暗示她才是有問題的那個？

事情不該變成這樣的。

裴渡本應聲名狼藉，而她的小鈺必將前路平坦，步步高升，而非像現在這樣，淪為瘋瘋癲癲的階下囚。

她的兒子受盡折磨，裴渡怎能活得肆意瀟灑？

謝鏡辭亦是皺了眉。

即便到了這種時候，裴風南仍保持著睥睨一切的傲慢，沒有絲毫歉疚，甚至懇求他回家的那段話，都是十足噁心的道德綁架。

和這種人一起生活，真不知道他是怎樣才能忍受那麼多年。

周圍是喧鬧的宴席，唯有此處，連空氣都渾然凝固。

裴渡竭力吸了口氣，不知怎地，感到腦海中突如其來的劇痛。

像是有什麼從沉眠中醒來，在陡然蔓延的疼痛裡，朝他冷冷笑了一下。

他在裴府生活數年，早已習慣這種壓抑的氣息，可謝小姐不同。

她的人生瀟灑肆意，本應澄澈明空，此地卻是泥濘的暗沼，只會讓她心生厭煩。

裴渡不願把她往沼澤裡拉。

在裴風南的注視下，一隻手握住他的手。

謝小姐沒說話，體溫透過手指傳來，溫溫柔柔，卻能將一切汙穢掃蕩殆盡。沉悶沼澤裡，忽然襲來一道沁人心脾的清風。

裴渡手上用力，生澀地回握，忍下逐漸加深的劇痛，抬眸對上裴風南黝黑的眼睛。

「多謝家主知遇之恩。」他道：「裴府為我耗費的財力，在下定會數倍賠償。」

這是明顯不過的拒絕。

謝鏡辭嘴角上揚。

「抱歉啊，前輩。」她毫不掩飾，帶著有恃無恐的笑：「大丈夫一言既出駟馬難追，您應該不會為難我們這些小輩吧？」

裴風南沒料到裴渡會拒絕。

那孩子向來溫溫和和，看不出有什麼脾氣。

質詢的話還沒出口，便被驟然打斷，謝疏嘿嘿笑：「當然不會啊！像裴兄這種前輩，心胸定是寬闊得很，哪會和小孩子鬧彆扭。」

裴風南太陽穴砰砰地跳。

雲朝顏嘴角勾起一絲弧度：「二位在此逗留這麼久，不去陪陪其他客人嗎？因為二公子的緣故，在祕境裡遇險的人，可不只小渡。」

因為二公子的緣故。

裴風南一口氣差點沒喘過來。

「那就太好了。」謝鏡辭笑意更深，抬頭看裴渡一眼：「裴渡哥哥，這裡太吵，我有些累了——不如去別的地方看看吧？」

裴風南眼睜睜看著他們轉身。

他想不通。

裴渡明明是他手裡最鋒利的劍，絕不可能背叛。以他的身分，既然已經不顧尊嚴拉下臉來，那人怎能忘記養育之恩，毫不猶豫地離開？

他忍住怒意，聲音極沉：「裴渡！難道你要背叛裴家，背棄這麼多年來苦修的劍意嗎！」

少年頎長的身影微微頓住。

謝鏡辭能感覺到，裴渡握緊了她的手。

如同深陷泥沼的人終於握住一根繩索，他拉著她步步遠去，沒有回頭。

兩人一路離開前廳，等遠離了喧鬧的人群，謝鏡辭抬頭之際，察覺裴渡不太對勁。

他的膚色本是玉白，此時卻毫無血色，眉頭微蹙，抿著唇沒說話。

她心下一緊：「不舒服嗎？」

「……頭有些疼，許是奔波疲累，不礙事。」裴渡笑笑：「謝小姐，多謝。」

「這有什麼好謝的。」謝鏡辭摸摸他的額頭，觸到一片冷汗：「你先回房睡一會兒吧？別把裴風南的話放在心上。」

裴家對他而言，是難以掙脫的泥沼。如今再度置身於此，還要面對裴風南與白婉的冷嘲熱諷，定然不怎麼好受。

更何況看他臉色發白，身體的確不大舒服，這種時候避開旁人叨擾，獨自靜靜才是最好。

參加宴席的賓客眾多，都等著明天清晨的審判，裴府為每人備了房屋，裴渡也有一間。

謝鏡辭沒來過裴府，等將他送入客房，忽然想起曾在裴渡記憶中見過些許片段，一時起了興趣，循著回憶四處晃蕩。

首先是他最常去的劍閣，高高聳立，眾劍環繞，裴渡無數次在此揮劍，牆上還殘留著道道長痕。

然後是書樓、長亭、竹林，以及一棵大大的桃花樹。

當初他們兩人定下婚約，裴渡就是靠著這棵樹，喝下生平裡第一壇酒。

她念及此處，眼底不由浮起笑意，一步步靠近。

如今已然入春，枝頭綻開薄薄小小的花蕾，清風掃過，吹落一片淺粉花瓣，飄飄悠悠，緩緩降落。

謝鏡辭的目光尋著那朵小花，自半空一直往下，待它墜向地面，不由一愣。

花瓣並未落在泥土中，它所觸之處，赫然是從土裡伸出的方尖，像是木盒一角。

她心中朦朦朧朧有了預感，走向前。

木盒很小，從更深一點的地方露出來，沾滿了潮濕泥土。想來是不久前下了大雨，把泥土層層衝開，它才得以露出小小的腦袋。

謝鏡辭抑制不住心中好奇，將木盒蓋子輕輕一拉。

被小心翼翼裝在其中的，只有一張張單薄紙片。

紙片上的字跡清雋勻稱，自帶凜然風骨，並非裴渡常用的筆跡，而是與她的有九分相像。

謝鏡辭的心跳逐漸加速。

她曾見過這樣的筆跡，在她即將離開學宮、回到雲京的那天晚上。

那是幾年前的跨年之夜，她與孟小汀在學宮裡漫無目的走來走去，當作最後的道別。

臨近後山，忽然有片片白紙從山頂落下，降在孟小汀頭頂。

「誰從山上往下扔垃圾啊？咦——妳快看，這上面好像有字。」

謝鏡辭聽見她的聲音，生出些許好奇，順勢接過孟小汀遞來的紙條。

那是張裁剪工整的純白宣紙，殘留著精心折疊過的痕跡，她興致缺缺地掃過，看清上面的內容，兀地一怔。

那紙上沒有署名，只有簡簡單單的一句話，用蒼勁有力的字跡寫下：祝願謝鏡辭小姐百歲無憂。

學宮裡流傳過一個說法，說在跨年夜寫下六十六個願望，埋在高山頂上，用虔誠的祈求感動神明，就會隨機實現一個願望。

謝鏡辭曾和孟小汀討論過，一致認為這個說法很蠢。

「這是誰的筆跡？」孟小汀嬉笑著湊上前：「『謝鏡辭小姐』，叫得這麼生疏嗎？這個人好乖好乖，一定是個情竇初開的害羞小男孩。」

她說著又遞來一張紙片，還是那個熟悉的字跡，白紙黑字地寫著：祝願謝鏡辭小姐諸事順遂，前路輝煌。

呼嘯的冬風，不知怎地安靜下來。

謝鏡辭的心臟砰砰砰一直跳，下意識抬起手臂，握住另一張被風吹得皺巴巴的紙條。

祝願謝鏡辭小姐永遠開心。

這個願望幼稚得可笑，她本該噗嗤笑出聲，卻沉默著站在原地，彷彿手裡拿著塊沉重的烙鐵。

原來真是這樣。

那些散落漫天的、被她們誤以為是垃圾的白紙，其實全都是某個人藏在心底最不可告人的願望。他羞於面對她，只能相信那個毫無邏輯的流言，在新年悄悄為心裡的姑娘寫下心願。

筆跡陌生，兩人應該並不熟識。

被烏雲遮蓋的月亮悄悄探出腦袋，灑落一地幽謐的銀灰。悠悠晚風輕輕掠過耳畔，勾弄少女怔忪的面龐。

那是她待在瓊華學宮的最後一天，時間寂靜得有如凝固。

六十六個關於她的願望被輕輕揚起，如同悠然遠去的脆弱蝴蝶，一點點融進遠處的深沉夜色。

在新年的第一道鐘聲敲響時，謝鏡辭踮起腳尖，抓住最後一封即將飄遠的信紙，看見雋秀有力的漆黑字跡。

那人一筆一劃，非常認真地寫：祝願謝鏡辭小姐尋得心中所愛，一生幸福。

他心中的姑娘，就應該生活於萬千寵愛之下，與意中人得償所願，花好月圓。

即便他註定與那個故事無關。

那是裴渡。

可被他認認真真寫下的心願，為什麼沒像傳聞那樣埋在山巔，而是胡亂散在四處。

她無言而立，深吸一口氣，低頭看向手中的木盒。

與此同時，客房。

房間靜謐，沒有亮燈，唯有月色悄然而來，落在少年稜角分明的側臉。

裴渡並未入眠，本應空無一物的身側，被月光映出寥寥黑煙。

識海之中是撕裂般的疼痛，循著血脈直達五臟六腑，他拼命咬牙，才不至於發出聲音。

耳邊傳來喑啞的笑，不知來源，宛如蠱惑。

「如果一切都是假的呢？」那聲音說：「如果她對你所做的一切，都來源於別人的強迫……你在她心裡，又算是什麼？」

裴渡緊緊攥住被褥，瞳色漸深。

「你只是一個任務，那些沒有由來的好，全是假的。」

自從回到客房，伴隨著越發加劇的頭疼，這道聲音悄然出現，沒有任何預兆。

它說謝小姐別有用心，接近他不過是有所圖謀。

它也說起他隱祕的傾慕，嘲笑他不知好歹，做著無法實現的夢。

這種感受他再熟悉不過，與當初被魔氣入體時如出一轍。

可這裡絕非魔息氾濫的鬼塚，而是裴風南坐鎮的府邸，四周皆設有結界，防止妖魔進出。

沒有任何邪祟能從外界進入此地。

裴渡顫抖著點亮桌上燈火，試圖用燈光將暗影驅散，然而光影明滅，反而襯得那團黑霧愈發猙獰，久久不散。

不是的。

他想，謝小姐親口說過，之所以陪在他身邊，是她心甘情願。她會毫無保留地對他笑，在最艱難的絕境下，輕輕撫過他身上的傷疤。

她從未嫌棄他。

「你難道不覺得，她有時很奇怪？」那道聲音笑得更凶：「她對你從頭到尾都只是利用。等任務結束，你沒了價值，謝鏡辭怎會願意繼續留在你身邊？」

……他是謝小姐的任務。

想來也是，在鬼塚事變前，他們之間並無太多交流，謝小姐怎會願意以身涉險，親自去救一個陌生人。

那道聲音仍未停下。

它說，打從一開始，就是他自作多情。

四周盡是綿延黑霧，骨頭彷彿被一寸寸碾碎，裴渡雙手撐在木桌上，脊背弓曲，如同顫抖的野獸。

他的神識快被撕裂，在無邊寂靜裡，忽然聽見房門被推開的聲音。

他紅著眼，怔然抬頭。

踏著流瀉而下的燈光，有人打開房門，雙眼映著燭火，以及他狼狽的影子。

她立在那裡，月色和晚風被踩在腳下，瞳孔雖是漆黑，卻生出薄薄的琥珀色微芒。

彷彿在她眼中，本身便生有無窮無盡的亮色。

那是……謝小姐。

其實仔細想想，一切早有預兆。

比如謝小姐本該與他形同陌路，在昏睡整整一年以後，醒來所做的第一件事，卻是前往鬼塚，四處找尋他的蹤跡。

當她俯身伸出手，緩緩落在他沾滿血汙的身體上，裴渡緊張到不敢呼吸，心跳劇烈，險些衝破胸膛。

比如在雲京城中，他被夢魘所困，置身於滿是殺戮的地獄。

夢裡的謝小姐笑得曖昧，仰頭咬上他後頸。她雖然說當時並未入夢，卻在後來不小心說漏了嘴，主動提起「咬脖子的人」。

現在想想，定是她遭受脅迫，在百般不願的情況下做了那件事，因為不想和他扯上太多關係，便乾脆撒了謊，裝作一概不知的模樣。

除此之外，和他在一起的那段時日裡，謝小姐的所為所為哪些是真，哪些是假？在謝小姐心裡……他究竟算是什麼？

裴渡不敢繼續往下想。

在渺無盡頭的黑暗裡，他拼盡全力追逐了十年，好不容易能抓住那一縷心心念念的光，凝神看去，才發現它早就偷偷溜走，連一瞬都沒停留過。

自始至終，都是他一個人在自作多情。

多可笑。

那道聲音說，他理應感到憎恨。

可裴渡心中竟沒生出絲毫這樣的念頭，把所有空隙塞得滿滿當當的，唯有懵懵懂懂的悶與澀，以及像刀片劃過一樣，尖銳刺骨的痛。

他本來……就沒有得到那個人垂憐的資格。

那時的他修為盡失、聲名狼藉，因為滿身的傷，連起身行動都很難。謝小姐帶著他，無異於撞上一個大麻煩。

說不定到頭來，他還要感激那道不知名的力量。倘若沒有它，他必然早就死在鬼塚某個偏僻的角落，直到臨死之前，都沒辦法見謝小姐一面。

這段時間，像是他悄悄偷來的寶藏。

可是在明白真相的那一刻，裴渡還是難以控制地感到難過——他原本以為，謝小姐是當真有一點點喜歡他的。

等任務結束，他會被她拋下嗎？

「她從來沒在意過你。」那道不明來由的聲音尤在耳邊，竊竊私語：「之所以救你、陪著你、為你療傷，甚至後來的親近，都不過是受了某種力量的強制而已——你早就覺得奇怪，只是從沒深入細想過，不是嗎？」

環繞在他身側的黑氣越來越濃。

這股力量竟有種莫名的熟悉感，彷佛生來就與裴渡擁有緊密聯繫。見他沉默，黑氣發出更加放肆的笑，籠上少年頭頂，一點點滲入。

它想進入他的識海。

在難以忍受的劇痛裡，裴渡勉強穩住神識，阻止黑氣進犯。

他不傻，能看出這股力量心懷鬼胎，之所以亂他心神，大抵是想要侵入識海，一旦成功，便能掌控這具身體的主導權。

他不會上鉤。

裴渡的聲音很啞：「你是誰？」

「我？我是一個知道她所有祕密的人。」

黑氣的聲音模模糊糊，連是男是女都難以分辨，見裴渡有意阻攔自己的侵入，生出幾分不耐煩。

「你不願讓我進來？」它語帶嘲弄：「看看你，多可憐。被她玩弄於掌心，還單純的以為得到了真情真心……我能幫你啊。我知道許多事情，只要讓我進去，保證能讓謝鏡辭對你死心塌地。」

裴渡咬牙，默念劍訣，試圖擊退它。

在歸元仙府裡，他與莫霄陽都晉升到了元嬰期。從黑氣浮現的那一刻起，裴渡便下意識驅逐它，然而劍意如光，穿過霧氣時，竟被盡數擋下。

這團黑氣的實力，遠遠凌駕於元嬰之上。

裴渡想不明白它的身分。

「如今的你，定然打不過我。」黑氣再度抵擋，冷冷哼笑：「我要殺你們，如同捏死螞蟻一樣簡單，只不過嘛──」

它說到這裡忽然停下，再也沒發出任何聲音。

客房裡的燭火跳躍不定，裴渡弓身撐著木桌，十指骨節分明，因為太過用力，泛起毫無血色的白。

周圍的空氣本應凝滯不前，在密閉房間裡，燭光卻被風吹得一動。

他聽見木門打開時，所發出的「吱呀」聲響。

裴渡抬眼，看見滿目慌亂的謝鏡辭。

……謝小姐。

她匆忙上前，目光落在他蒼白的臉上，緊緊皺了眉：「這是怎麼了？」

語氣急切，聽起來不像有假。

這若是從前，裴渡定會毫不猶豫靠近她，時至此刻，心裡卻兀地生出幾分酸澀與茫然。

那聲音彷彿還迴盪在耳邊：「如果一切都是假的呢？」

從見到謝小姐起，劇烈的疼痛就全部消失了。

他無法說出與那團黑氣有關的話，只要稍微動一動這個念頭，識海就會像被生生撕成兩半，吐不出一個字。

疼痛的餘潮沖刷身體每處，裴渡脊背用力，試圖讓自己直起身來，待得開口，才發覺嗓音格外喑啞：「無礙，謝小姐不用擔心。」

謝鏡辭睜圓眼睛：「明明就有事！你看，都出了這麼多汗！」

她在桃花樹下發現了掩埋的木盒，心覺有趣，本想來問問他關於曾經的事，沒想到裴渡房間雖然亮著燈，但無論怎樣敲門，卻都無人應聲。

他之前就提過，身體有些不舒服。

謝鏡辭心中慌亂，沒做多想破門而入，一推開房門，就見到他渾身顫抖的模樣。

這怎能讓她不擔心。

「只是舊傷復發，方才已經不疼了。」

裴渡竭力起身，與她四目相對，眸光微暗。

他說話時伸手，把靈力彙聚在掌心，虛虛罩住謝鏡辭被水汽打濕的額髮：「春夜潮濕，謝小姐莫要受涼。」

「你有病啊？」黑氣已然藏匿行蹤，看不見身影，唯有聲音傳到他耳中：「她把你當作工具，你渾身上下還沒剩下多少氣力——居然要浪費靈力，只為了幫她烘乾？你怎麼想的？」

「一點水而已，沒關係。」謝鏡辭按下他的手，拿手帕拭去裴渡額上的冷汗：「是什麼時候的舊傷？在哪裡？等我們明日回到雲京，就找個大夫好好療傷。」

她說著正了色，直勾勾盯著他的眼睛：「真不疼了？不騙我？」

謝小姐總是能輕而易舉讓他眼底溢出笑意。

裴渡半垂了眼，溫聲應她：「嗯。謝小姐來這裡，所為何事？」

黑氣陰惻惻：「指不定是有了新任務。」

裴渡沒有理會它。

「我——」

在推開房門之前，謝鏡辭本是滿懷信心，想好了無數套說辭，如今真面對著裴渡，卻又感到一絲赧然。

在那個盒子裡，他對她的傾慕純粹而熾熱，她看的時候只覺臉紅心跳，倘若開誠布公，毫無保留地攤開……

裴渡一定會害羞。

他一臉紅，謝鏡辭必然會跟著手足無措。

但有些事情總要說清。

之前她什麼都不知道，哪怕對裴渡毫不上心、形同陌路，也算情有可原；既然知曉了他的心意，謝鏡辭想，她必須做出回應。

在那些漫長的年年歲歲裡，孑然一身的男孩子，一定也期盼著得到回應。

謝鏡辭摸摸鼻尖：「我想和你說一說，關於以前的事情。」

裴渡微怔。

「因為想更瞭解你啊。」她在心裡打著小算盤，掩下緊張故作鎮靜，把裴渡按在桌前的木椅上，自己則順勢坐在他身旁：「你在裴府的時候，有沒有特別喜歡的地方？」

裴渡毫不猶豫：「劍閣。」

他說罷又覺不好意思，澀聲補充：「我那時……一心練劍。」

謝小姐應該會覺得他很無趣。

「我知道的，你一直很用心地練劍嘛，在學宮也是一樣。」謝鏡辭拿手撐著腮幫子，目光一轉：「說起學宮，我想到一件很有趣的事——你還記得那塊告示板嗎？」

告示板。

聽見這三個字的瞬間，裴渡身形微不可查地頓住，旋即點頭。

「告示板上，所有人都能匿去名姓、暢所欲言，所以在那上面，經常會出現罵戰。我那時有點傲，不怎麼理人，你路過告示板，應該也能看見關於我的壞話吧？」她不動聲色注視著裴渡的反應，因為這短暫的僵直勾起嘴角，繼而又道：「但很奇怪的是，在每個罵我的版面上，都會出現某個人幫我說話——我想了很久，一直猜不出他是誰。」

裴渡耳根湧起薄紅，低頭避開謝鏡辭直白的視線：「那他……很好。」

「對吧！超級好的！」謝鏡辭止不住笑，加重語氣：「好想知道他的身分，親口對他說聲謝謝。雖然寫得很肉麻，但我當時看見他的話，高興了整整一天。」

裴渡捏了捏衣袖，耳朵更紅。

他想告訴謝小姐，那個人就是他。

可他不能。

被他貼在告示板上的話肉麻至極，全憑一腔熱血寫出來。雖然字字句句出自真心，但只要想起那些內容，裴渡就會燥得大腦空白。

當年他被那些人的胡言亂語氣得厲害，連夜奮筆疾書，寫出無數天花亂墜的吹捧。

一些草稿捨不得扔，看了又覺得臉紅，於是被裴渡埋在裴府最大的那棵桃樹底下。

萬幸謝小姐不會知道。

也萬幸，他的那些話，能讓她感到開心。

「直到現在，我都還記得那個人寫下的話。有人說我長相很凶，你猜他是怎麼回的？」

謝小姐抿唇笑笑，側過臉來看他：「『謝小姐淡眉如秋水，玉肌伴輕風，有如鏡中花，月下影，非君所能及也』——你說，哪有誇得這麼過分的？孟小汀見了，差點以為是我高價雇來的寫手，還讓我找他退錢。」

裴渡：「……」

裴渡把頭埋得更低，悶悶應她：「……他誇得不過分。」

謝鏡辭差點噗嗤笑出聲。

「還有啊，有人說我脾氣壞，他也回了滿滿一大篇。」她輕咳一下：「『謝小姐性情高潔，有冰清玉潤之姿，吾輩見之思之，念念不忘，只願——』」

這段話尚未念完，便被裴渡打斷：「謝小姐。」

他聲音很低：「妳是不是，都知道了？」

她沒理由半夜心血來潮，來和他說起某個毫無關聯的陌生人。

謝小姐之所以故意念出那些話，是想引他上鉤、自行承認。

裴渡太瞭解她了。

「抱歉啊。」謝小姐的聲音悠悠傳來，伴隨著物體碰撞的輕響：「我路過桃樹，無意發現這個盒子，因為不知道裡面裝著什麼東西，就打開看了一下。」

盒子被推到他面前。

裴渡腦子裡轟地炸開。

他寫過太多關於謝小姐的文字，這個盒子裡裝著的內容，其實已經記得不甚清晰。沉默一瞬，少年修長的手指緩緩觸上木盒。

上天保佑。

只希望裡面不要有太過直白的言語。

木盒被擦拭得一塵不染，裡面的紙頁同樣擺放得整整齊齊。

他目光沉沉，遲疑著看向第一張。

『謝小姐舉世無雙，當今刀法第一人。』

吹飛了。

因為是草稿，所以寫得隨心所欲、肆無忌憚，裴渡心亂如麻，來不及看完，便匆忙掀開，來到第二張。

裴渡指尖發顫。

他想起來了，當時有人在比武時慘敗給謝小姐，心中憤懣，說她下手太狠，不知輕重。

他只覺得此人無理取鬧，揮手寫下幾行大字：『倘若能與謝小姐比上一場，哪怕被打進醫仙堂，也應當心滿意足。』

這種話當然不能貼上告示板。

……怎麼能被她看到啊。

再往下，是有人說她性情孤僻、沒什麼朋友。

他生氣地寫：『謝小姐自有我來仰慕，無需閒雜人等多加關心。』

裴渡臉紅到幾欲滴血，繼續往下看。

這張更過分。

是他夜半想起謝小姐，為她描出的一幅小像。

他沒學過畫畫，畫成了銅鈴眼，下巴尖得能戳死人，雙唇像一朵半開半合的野菊花。

「謝小姐。」裴渡澈底沒有勇氣繼續往下看：「……對不起。」

「這有什麼對不起的？」謝小姐語氣很輕，聽不出情緒，忽然轉了話題：「在我離開瓊華學宮的時候，你是不是登上山頂，給我留了六十六個願望？」

裴渡眸子裡生出幾分驚異，困惑地抬頭看她。

他的確那樣做過，可謝小姐理應不會知道。

更何況那天……還出了那種事。

「我和孟小汀經過後山，見到幾份。」

謝鏡辭聲音輕軟，心下卻不知為何緊緊一縮。

她有些緊張，躊躇著這個問題的答案，小心翼翼問他：「但它們，好像沒被埋在山上。」

他精心準備的、無比虔誠的願望四處飄散，散在山林裡不為人知的角落，如同被丟棄的垃圾。

她不覺得裴渡會把它們扔下山。

「上山的時候，」他指尖一動，「遇見了裴鈺。」

裴鈺比他大上許多，早就離開了學宮，那日之所以會出現，是因受了學宮邀請，給新入門的小弟子傳授經驗。

那人身邊跟著一群朋友，見他抱了個盒子上山，心生捉弄，便悄然跟在裴渡身後。

他們也知道那個關於願望的傳言，將他團團圍住，想奪過木盒一探究竟。

然後便是一通亂戰，劍氣、靈符和拳頭一股腦砸下來，木盒順勢從手中脫落，墜下山崖。

連帶著他滿心的希冀與願望。

他們年紀相同，同處於學宮之中，相距不遠，卻隔著遙不可及的天塹。

謝鏡辭與好友立在山腳，手裡握著桃花味小甜糕。錦織羽裳價值不菲，為她擋去如刀如刃的午夜寒風，月色緩緩流淌，照亮一片坦途的光明人生。

裴渡靠坐在山頂靜默無言的老樹旁，星光清清冷冷，映出他嘴角殷紅的血跡與狼狽的傷疤，細細看去，還有滿地被踩碎的奢望與自尊。

他用力把孤獨咬碎，與血肉一同吞進肚裡，然後抬起視線，目光溫柔，望向天邊那輪遙不可及的月亮。

無論如何，他們總歸處在同一片月色之下。

謝鏡辭安靜了好一會兒。

得了旁人的關注與仰慕，她理應感到開心，可此時此刻，心中卻只剩下難熬的苦澀，被用力一揪，連帶著眼眶都在發酸生熱。

目光落在裴渡所作的肖像畫上，下面隱約寫著一行小字：『謝小姐，對不起，妳眼睛很漂亮，我卻畫成這般模樣。』

他只能像這樣對她說話，在紙上一筆一劃地寫。

笨蛋。

「裴渡。」

謝鏡辭動作生澀，雙手環上他的後頸，注視著少年漆黑的眼睛。

羞怯的念頭一絲也不剩，她忽然輕聲笑了笑：「其實我的眼睛並沒有很漂亮——但它現在是了。」

裴渡這麼笨，她要是再不對他好一些，那他該怎麼辦啊。

裴渡微微愣住，還沒猜透這句話的意思，便聽她繼續說：「因為比起從前，它裡面多出了更漂亮的東西——你知道是什麼嗎？」

他的心跳逐漸紊亂。

謝小姐的瞳仁裡躍動著火光，在一片曖昧光暈裡映出的，是屬於他的影子。

「你還要心甘情願上當受騙？」那團黑氣道：「以她的性子，怎會講出這種情話！」

裴渡不是沒有過遲疑。

倘若謝小姐當真如黑氣所言，沒對他生出絲毫情愫，那他此刻不知好歹湊上前，只會徒增難堪。

更何況隨著那個木盒被打開，他過往的所有心思沒了遮掩，不得不一一呈現在她眼前。

如果在謝小姐眼裡，他不過是個必須完成的任務，那些熾熱的、仰慕的，近乎癡狂的情愫，便也理所當然地，只能成為一出笑話。

可她的目光太溫柔。

他在心裡存了小小的希冀，也許這份溫柔並非假像，而是出於謝小姐的真心。

這是裴渡堅持了十年的執拗，不會輕易放手。

燭火搖晃。

面色緋紅的少年雙目迷濛，並未對腦海中的聲音做出回應，而是顫聲開口：「……我。」

謝鏡辭嘴角更彎，沒有否認：「你再猜一猜，在我心裡，誰最好看？」

一步接著一步的陷阱，溫柔的攻勢令人無法抵抗。

裴渡感受著她的溫度，腦海一片空白，怔松答話：「我。」

他已經快要不知道，自己究竟在說什麼了。

「嗯。」謝小姐露出頗為滿意的笑，聲音壓低：「那你覺得……我最最喜歡的是誰？」

裴渡幾乎要軟成一灘泥。

喜悅的、如蜜糖一樣的情緒遮天蓋地，將心中的自厭自卑與患得患失沖刷殆盡。

他輕輕吸了口氣：「……我。」

一剎那的沉寂。

耳邊很快響起謝小姐的嗓音：「不行哦，你聲音太小，我沒聽清。」

謝鏡辭握緊雙手，能感覺到因緊張滲出的冷汗。

她沒想到裴渡會這麼容易上鉤，覺得自己像個引誘正經書生的妖精。

……妖精就妖精吧，一回生二回熟，他們作為未婚夫妻，今後指不定還要做什麼更讓人臉紅的事。

謝鏡辭想回應他，讓他開心。

只要能達成這個目的，她的臉皮厚就厚吧。

「你看啊，嘴和耳朵隔了那麼遠的距離，繞著路，彎彎繞繞才能進去。」她的雙手慢慢環緊，裴渡心如鼓擂：「我聽說，貼在別的地方，才能把想說的話傳到心裡哦。」

他看見謝小姐笑著仰頭，紅唇輕揚，不點而赤，如同攝人心魄的小鉤。

暗示極為明顯，他明白了對方的用意。

周身是火一樣的溫度。

裴渡竭力止住脊背的顫抖，抿唇，低頭。

軟軟的、無比綿柔的觸感將他包裹，只不過輕輕一碰，就能讓整具身體氣力全無。一觸即陷。

清冽的木息與淡淡清香彼此吞噬，空氣蔓延開灼人的熱。

裴渡小心翼翼觸碰她，長睫輕顫，對上謝鏡辭漂亮的眼瞳。

他說：「謝小姐……喜歡我。」

「不對。」

他的親吻拘謹溫柔，不似在山洞裡那般纏綿，薄唇柔柔一貼，莫名帶著幾分說不清的撩人。

謝鏡辭很喜歡這種感覺，心情愉悅地彎起眼睛：「程度還要再深一點。」

裴渡的呼吸亂了。

他極力壓下心頭洶湧的羞赧，面上溫度更燙，用低啞的喉音告訴她，也像是在對自己說：「謝小姐……最喜歡我。」

他居然親口說出這樣的話。

裴渡緊張至極，祈禱這不是可笑的自作多情，在劇烈的心跳聲裡，聽見謝小姐一聲笑。

「還要再再深一點。」

近在咫尺的姑娘伸手捧住他的面頰，在泛紅的眼尾輕輕一按。

僅僅是這樣看著他，謝鏡辭一顆心都能倏地化開。

「能得到你的心儀，是我一生之幸。」

這樣的話，倘若是以前，她只會覺得肉麻。

可面對裴渡，一切言語全都不受控制，從心頭來到舌尖，迫不及待、雀躍不已，只想讓他聽見。

飛快跳動的心臟，不知何時趨於平緩。

但它偏又極重，沉甸甸敲打著胸腔，讓渾身血液沸騰不已。

謝鏡辭止住緊張，沉聲對他說：「傾慕並不是令人羞愧的事。被你喜歡，我真的超級、超級開心，甚至，我對你所做的付出，其實並不能配得起這樣的情緒。」

不是這樣的。

裴渡下意識反駁：「謝小姐，是我不配——」

剩下的話，被綿軟唇瓣封在喉嚨裡。

「對不起，現在才知道那些事情。你一定很辛苦……要是早些遇到就好了。」她一下又一下輕輕碰上少年的薄唇，瞳孔裡是柔和的琥珀色燈光，聲音軟得像風：「我會努力與你相配的，裴渡。」

這是她遲到了十年的回應。

在混亂的識海裡，不知名的黑氣忽然沒了聲音。

夜色寂靜，謝小姐一點點壓著他的唇，並未深入，淺嘗輒止，卻意亂情迷。

裴渡連心尖都在顫慄，再次聽見謝鏡辭的耳語。

「再再深一點的意思是——」她說：「裴渡，我只喜歡你。」

早春多潮，時至夜半，窗外下起了淅淅瀝瀝的小雨。

雨意空蒙，擊在料峭微寒的枝頭，以及地面上一個個凹凸不平的水窪裡，窸窸窣窣的響聲如同春蠶啃葉，細細響在耳膜。

一陣冷風吹過頭頂，帶來沁著涼意的寒潮，直到此刻，裴渡才終於猛地從半夢半醒的狀態下回過神來。

謝小姐……正捧著他的臉。

這裡是他生活了將近十年的裴府，裴渡關於這裡的所有記憶，全都離不開一次又一次的拔劍、裴風南的冷聲呵斥，與沒有達到那人預期，接受家法時破風而來的長鞭。

但在此時，他和謝小姐在一起。

他們之間的距離格外貼近，淡淡馨香繚繞鼻尖，即便聽她親口說出「喜歡」，少年仍然心懷茫然。

這份喜悅太炙熱，猝不及防衝進他懷中，美好得猶如假像。

「謝小姐，」裴渡心口緊繃，「當初妳……為何會去鬼塚救我？」

這個問題，他曾問過謝鏡辭。

那時他們兩人還並不熟絡，她聞言一怔，回答得模稜兩可——

因為就連當時的謝鏡辭本人，也不明白自己為什麼會前往鬼塚找他，尤其還是在身體極度虛弱、剛從沉眠中醒來的情況下。

而現在，裴渡想要知道答案。

或是說，小心翼翼的試探。

他想向黑氣，或是向自己證明，謝小姐給予的情愫並非是假的。

「這種問題，有什麼意義嗎？」黑氣沉默許久，終於冷笑出聲：「反正她一定會講些漂亮話，什麼對你情根深種、命中註定，所以才會那麼義無反顧……你分明已經察覺到不對勁，為何不願意信我？」

裴渡垂下長睫，沒有回應。

他不知道謝小姐究竟會怎樣回答，心中是前所未有的緊張。

「去鬼塚？」謝鏡辭想了一瞬，沒思考太久，再開口時眼中噙著光，似是有些歉疚地笑了笑：「其實我也不太清楚。你知道的，在那之前，我們兩個幾乎沒什麼交集，要說什麼非你不可，似乎完全沒達到感情那麼深的程度。」

她往後退開一些，兩人不再鼻尖對著鼻尖，瞳孔卻仍在對視。

裴渡看見她彎了彎眼睛：「當時我的想法很簡單，覺得你曾經救過我的命，品行又那麼正直，絕不可能做出大逆不道之事。或許還有一些惺惺相惜的因素……總而言之，是個糊里糊塗做出來的決定。」

裴渡靜靜望著她，驀地，眼底浮起一抹笑。

就像是在對那團黑氣說，看吧，她沒有騙我。

「我不是什麼慈悲心氾濫的好人，去鬼塚找你，如今回想起來，自己也覺得不可思議。」

謝小姐說到這裡，目光驟然一凝，黑如古井的雙眼中暗光浮動，溢出篤定的決意。

在談話的最後，她對裴渡說：「但我現在能明白的是，那是我這一生中，所做過最重要的決定。」

她總是能有辦法，三言兩語，就讓他心神不定。

雋秀的少年終於舒展了眉眼，唇角勾起漂亮弧度。

他願意相信謝小姐。

倘若因為來歷不明的閒言碎語，就將他們這麼多日以來的相處棄之不顧，那他真是糟透了。

「你依附我，究竟有何目的？」識海被黑氣下了禁咒，無法在外人面前提起，裴渡並無慌亂，沉了氣，在心中對它道：「若是想引我入魔、侵入神識，大可斷了念頭。」

黑氣沒說話。

這是不走的意思。

通常而言，這種修為高深的魔氣要麼是先天形成，在魔物彙聚之地歷經千百年的凝煉；

要麼誕生於大能體內，之後由於某種原因掙脫而出，變為獨立個體。

無論哪一種，都具備自我意識，由於身無實體，時常徘徊於修士身側，妄圖入侵識海，取而代之。

但這團黑氣很奇怪。

它修為頗高，卻籍籍無名，放眼整個修真界，已經很久沒出現過十惡不赦的邪魔。裴府處處設有結界，比起從外界闖進來，這團黑氣更像是……

突然之間出現在他體內。

裴渡莫名有種隱隱的預感，黑氣之所以找上他，或許並不是想得到一具身體這麼簡單。

更何況，它還知道謝小姐的祕密——

它說謝小姐受了某種力量的強迫，才會對他那樣好，可所謂的「某種力量」，究竟是什麼？

「已經很晚了。」謝鏡辭瞥窗外的落雨一眼，摸了把裴渡額頭：「還好不燙。你之前不舒服是吧？明日還要早起，不如早些休息，等著第二日的好戲。」

明天是裴鈺的主場，屆時名門正派齊聚一堂，不僅他，連裴風南和白婉也會面上無光。

風水輪流轉，她爽了。

對裴鈺的公審，定在第二天辰時。

裴府的問劍臺立於後山之巔，寬敞明朗、雲霧繚繞，因下著濛濛細雨，山頭暈開層層水氣，雨霧編織成細密巨網，映出遠山蕭瑟，平添寒涼風骨。

四把巨劍石雕分別立於東西南北四面，巍峨高聳，有破天之勢，在霧氣裡乍一看來，如同四個脊梁高挺的巨人，凜冽非常。

謝鏡辭有靈力護體，並不覺得太冷，抬頭望去，只見一道靈力屏障橫亙於半空，好似鋪開的巨大傘蓋，為眾人擋去雨簾。

問劍臺向來是決鬥與審判之地，寬闊的平臺看似不染塵埃，其實不知沾過多少人的鮮血。

她沉默環視四周，忽然想起，當初裴渡受到家法，也是在這個地方執行。

又冷又疼。

謝鏡辭因為這個念頭心下發悶，輕輕用指尖勾住他的手指，引得裴渡身形微頓。

他居然沒有掙脫。

她原本以為，按照裴渡的性格，定會覺得在大庭廣眾下做這種事不合禮數，一邊拘拘束束地後退，一邊小聲說什麼「謝小姐，這裡人多」。

謝鏡辭有些詫異，甫一抬眼，便見到少年線條流暢的下頜與側臉，還有耳根上嫣然的紅。

裴渡紅著臉，嘴角卻是輕勾。

哇，這個人被她勾了手，居然一聲不吭地偷偷笑。

許是察覺到她的視線，裴渡做賊心虛般轉過頭來，望見她似笑非笑的神色，嘴角弧度頓時僵住。

他偷笑被發現，定是窘迫得厲害，然而沉默須臾，像是破罐子破摔，竟然反手一握，握住謝鏡辭整隻手。

這回輪到謝鏡辭愣住了。

因有靈力擋去雨絲，縱然山間煙雨朦朧，問劍臺上卻是一片清明。

也因此，置身於正中央的裴鈺格外醒目。

他像是一夜之間白了頭，但又並非仙俠劇裡如覆雪霜的銀白，而是烏黑長髮裡夾雜著片片銀灰，讓人想起春寒料峭，地面上一簇簇尚未融化乾淨的雪。

模樣也彷彿老了十多歲，眼眶紅成核桃，想來是哭了整夜。

莫霄陽撓撓腦袋，用很小的聲音說：「這頭髮，千樹萬樹梨花開啊。」

謝鏡辭對此深表同情，難過得差點笑出聲。

「我、我是冤枉的！」裴鈺仍在聲嘶力竭地大喊：「那、那可是雲水散仙的心魔！她有何等實力，你們又不是不清楚！我一介小輩，怎能抵擋那心魔的蠱惑，一遇上它，便被迷了心竅——這不能怪我！我當時什麼也不知道，不過是它操縱的棋子啊！」

這口鍋真是又大又圓，看來他推給裴渡不成，又找了雲水散仙的心魔來充當背鍋俠。

「我呸！我事後詢問過雲水散仙，心魔究竟會不會影響神智。」一名圍觀的劍宗弟子怒道：「她說那只是一縷殘魄，你破壞護心鏡前，整個祕境被她的靈力穩穩壓制，它根本做不了任何手腳！事到如今，你還想狡辯麼！」

他身側的青衣少女亦是冷笑：「我與師兄早知道你會講出這種說辭，因此也特地用了留影石，怎麼，裴二公子莫非想要親眼看一看，雲水散仙是如何說出那番話？」

「說起來，我這裡也有一顆留影石，記錄了裴二公子在祕境中的醜態。」不遠處的龍逍溫聲笑笑：「多虧有孟小汀姑娘珠玉在前，為我們提供了好法子。」

他話音方落，立即有不少人朝孟小汀所在的方向投來視線。

她從小到大當慣了混水摸魚的隱形人，置身於這麼多視線之下，只覺得頭皮發麻，匆匆往謝鏡辭身邊一靠：「這人幹嘛突然提起我！他好奇怪！」

「昨夜我們商討良久，已有了決斷。」劍宗為首的長老看上去不過二十多歲，身著一襲紅衣，眉目之間盡是桀驁不馴的冷意，微揚下巴：「剔除仙骨、筋骨盡斷，囚於仙盟地牢之中，不得放出。」

仙盟地牢。

謝鏡辭眉間一動。

「仙盟地牢？那裡關押的全是修真界窮凶極惡之徒！」白婉上前一步，顫了聲：「裴鈺雖做出……做出那種事，但也不至於罪大惡極，還望諸位道友留他一條——」

她話沒說完，就被身邊的裴風南按住手。

「不至於罪大惡極？」滿身正氣的男人眉頭緊蹙，不怒自威：「他因一己私欲，坑害那麼多同輩同胞，要是心魔沒被除去，整個祕境裡的人，全都會沒命！我們裴家不需要這種畜牲！」

裴鈺如遭雷擊，不敢置信地呆立當場。

謝鏡辭從心底發出冷笑。

不愧是裴風南，哪怕在這種時候，心裡想的念的，還是「他們裴家」的名聲。

或是說，他裴風南的名聲。

因此他絕不會允許家門之中出現敗類，能毫不猶豫把裴鈺掃地出門，如同丟掉沒用的垃圾。

裴鈺這回是當真再無靠山了。

「不是……不是我！」他心知走投無路，眼淚洶湧而出，跪在地上用力磕頭：「對不起，對不起！都是我的錯……娘，救我！」

白婉面無血色，奈何面對裴風南的威壓與無數人直勾勾的視線，她只能輕闔眼睫，不去看這個被自己寵大的兒子。

她也不想變成這樣的。

他們母子之所以淪落到如今這般地步，全是因為，全是因為……

女人豔麗的眉眼蒙著水色，長睫之下，是逐漸增生的熾熱恨意。

全是因為裴渡。

為什麼他能絕處逢生，得到謝家青睞，而他們機關算盡，到頭來什麼都不能撈到。

她恨，也不甘心。

總有一天，她要把小鈺受到的苦難……千倍百倍地奉還。

「裴家並無異議。」裴風南的聲音聽不出起伏：「將裴鈺投入仙盟地牢……即日執行。至於其他賠償，公審之後，我與諸位再做商議。」

「不、不要啊！」當眾淪為親爹的棄子，裴鈺從小到大錦衣玉食，哪裡經歷過此等挫折，一時目眥欲裂：「裴風南！你如今倒是道貌岸然……誰不知道你裝腔作勢！說我是畜牲，你又是怎樣對我們！我們是你兒子嗎？分明是光耀門楣、為你增光添彩的工具！」

裴二公子當著這麼多人的面，曝光家門醜事！這可是驚天大瓜！

眾人譁然。

裴鈺見狀如同得了鼓勵，笑得更歡：「尤其是裴渡。真有意思，他小時候常受家法，被打得站不起來，原因是什麼？因為他用不出金丹期的劍訣，他那時候才剛築基！」

謝鏡辭心裡猛地一跳。

裴鈺還想再說什麼，忽有一道掌風自高臺而來，正中胸口，將他擊退數丈之遠，吐出一口鮮血。

再看掌風襲來的方向，裴風南臉色已然鐵青。

「至於裴渡——」裴鈺卻是哈哈大笑，一邊咳一邊啞聲道：「你在鬼塚殘害我與娘親，這個仇我還沒忘。蒼天有眼，你鳩占鵲巢，奪了我與明川的機緣氣運，遲早會遭到報應！」

他自知完蛋，即便在最後一刻，也要拉裴渡和裴風南下水。

謝鏡辭心裡一陣噁心，冷言出聲：「奪了你的氣運？這就是你為自己的無能找的理由？」

裴渡低聲：「……謝小姐。」

「據我所知，你與裴渡並無交集，無論學宮、祕境還是練劍，都沒有撞上的時候。」她說著笑笑，滿目盡是諷刺：「你們裴家人有個特點，最愛把錯推到別人頭上，卻看不清事實——即便沒有裴渡，你也只是個不堪大用、心思齷齪的庸物。」

她語速極快，裴鈺被噎得一句話都說不出來，又吐了口血。

「要說湛淵劍，你在他之前就進了劍塚，也沒見湛淵認你做主；要說裴風南親自教授的劍法，在裴渡來之前，你也早就學完了——我倒是想知道，裴二少爺比他多活了那麼多年，修為也高出整整一階，為何還會慘敗於裴渡劍下，丟人現眼。」謝鏡辭嗓音愈冷：「至於鬼域一事，明眼人都能瞧出貓膩——你在歸元仙府故技重施，本以為能像上次那樣成功嫁禍，沒想到會出事吧？」

「其實我一直在想。」她身後的莫霄陽佯作沉思狀：「如果裴渡真想害人，為什麼要動用禁術除去邪魔，把自己的身體弄得一團糟——畢竟這次在歸元仙府，二公子始終縮在角落，沒怎麼動手，這才是作亂之人應該有的反應吧。」

「而且還自己暴露了身體裡的魔氣。」孟小汀在一旁搭腔：「這不是作繭自縛、自討苦吃嗎？正常人不至於這麼蠢吧。」

此事本就存疑，礙於裴風南的面子，眾人都避免當眾討論。如今被幾個小輩當眾指出，不少人皆露出了然的神色。

這已經是一邊倒的局勢。

裴鈺匍匐在地，脊背顫抖不已。

不是這樣的。

他本應是被眾星拱月的那一個，裴渡向來孑然一身，任由他們冷嘲熱諷，為什麼現在……他卻成了孤零零的可憐蟲，裴渡身側卻有那麼多同伴，護在他身前說話？

——曾經環繞在他身邊的那些人呢？他好酒好肉地招待他們，他們說過，大家會是一輩子的朋友。

裴鈺懷著最後一絲希冀，雙目猩紅地抬頭。

他看見許多人竊竊私語，看見憎恨與嫌棄的眼神，也看見他的夥伴。

在視線相接的瞬間，他們無一不是面色尷尬，無比冷漠地扭過頭。

「裴鈺真敢說啊，裴風南氣得臉都成方塊了。」裴鈺癱成一團死泥，不久後便被仙盟帶走。莫霄陽看完整場好戲，嘖嘖搖頭：「這叫什麼，家門不幸。」

「不。」謝鏡辭雙手環抱，哼笑應他：「父慈子孝啊，裴家有一手的。」

裴府事畢，謝疏高興得很，臨行之前不忘了嘿嘿笑：「今日趁著大家心情不錯，回家開一壇珍藏老窖——滿園春，聽說過沒？」

謝鏡辭瞟他一眼：「爹，你怎麼比裴渡還興奮？」

「滿園春可不適合孩子喝。」雲朝顏招出法器，望向裴渡：「鬼塚一事，我與謝疏會盡力查清。你無需擔心，過好當下便是。」

「你們在歸元仙府的時候，我們去了鬼塚，但出事當日沒留下什麼痕跡，毫無線索。」謝疏還是笑：「我倆打算不久後再去一遭，帶些追憶的法器，看看能不能找到當日現身的妖魔，再探入它們神識搜尋記憶。」

裴渡習慣獨來獨往，未曾被長輩如此上心過，聞言正色道：「多謝二位。此事不必勞煩兩位前輩——」

「跟我們客氣什麼！」謝疏擺手笑：「畢竟是一家人嘛，相互照應，應該的。」

聽見「一家人」三個字，裴渡微微怔住。

雲朝顏輕輕一咳。

「要馭劍回家，路途遙遠，好累啊。」謝鏡辭站在山頭，手裡把玩著鬼哭刀：「如果能瞬間移動就好了。」

這是在履行系統給出的嬌氣包人設，她話音剛落，耳邊就傳來裴渡的聲音：「謝小姐，妳可以站在我身後。」

於是謝鏡辭詭計得逞，歡歡喜喜站上他的劍。

「我覺得，謝小姐這幾天好像不太對勁。」莫霄陽吸了口冷氣，朝孟小汀靠近一些，目標是遠離謝鏡辭：「她是不是在修習什麼新型法術，威壓太強，講話能讓人起雞皮疙瘩？」

這明明是嬌氣包，你這鋼鐵直男！

謝鏡辭成功完成任務，迅速摒退腦袋裡的系統，朝謝疏遞去一個眼神。

她爹無意之中聽見土味情話，震撼不已、驚為天人，差點就要將其奉為圭臬，放在家中好好供起來。獨自琢磨許久後，謝疏特地從她手上討了幾個句子，正躊躇滿志，想在她娘身上實踐一番。

可能這就是幾百歲老人們的黃昏情調，夕陽無限好。

「夫人，我這幾日好像不大對勁。」謝疏立於劍上，端的是霽月光風，深情款款：「耳邊總環繞著妳的聲音，識海中也盡是妳的身影。妳說，我是不是病了？」

雲朝顏很明顯打了個哆嗦，毫不掩飾面上的嫌棄。

雲朝顏：「你腦子進水，兼幻覺和耳鳴。」

謝疏：「……」

等等，這這這、這好像不是他的劇本走向啊？夫人怎麼不按套路出牌？

好好的情話，竟被她扭轉攻勢，局面反了過來。

之前那句話氣氛全無，肯定不能再接著用了，謝疏不服輸，繼續加大力度：「夫人，妳知不知道，我不愛牛肉，也不愛羊肉，唯獨對妳情有獨鍾——因為妳是我的心頭肉。」

雲朝顏面無表情，看身後努力憋笑的一群小輩一眼。

「謝前輩真是落落大方。」莫霄陽用神識講悄悄話：「這種話，我還以為只有在兩人獨處時才會說。」

他語氣敬佩，唯有謝鏡辭在心裡唉聲嘆氣。

她爹定是想在他們幾個孩子面前耍帥，展現一把男人雄風，萬萬沒想到，會被她娘全面碾壓，變成當眾處刑。

爹，你自求多福。

雲朝顏：「我不養魚，也不養貓狗，唯獨對養你情有獨鍾。」

還沒等謝疏喜出望外滿臉通紅，她又冷冷一笑：「因為養豬致富。」

謝疏：「……」

謝疏懵了。

他認認真真學了一通，本以為能將夫人撩撥得滿心歡喜，沒想到一山更比一山高，當他抵達第二層的時候，夫人已經到了遙不可及的第五層。

不愧是雲朝顏，好酷，好不走尋常路。

可問題是，他這要怎麼接？

謝疏迅速望向謝鏡辭，試圖祈求協助，奈何他閨女正左右張往，假裝四處看風景。

這麼不可靠，也不知道是像誰。

曾一劍開山的劍聖凝神屏息，毅然決然對上雲朝顏的雙眼，下定決心，說出最後一句必殺技：「夫人，知道妳和天上的星星有什麼差別嗎？」

因為星星在天上，而夫人在他心裡！

有誰能抵擋這樣的情話！當初他從辭辭那裡聽見，簡直心動到難以自持！

雲朝顏：「知道你和地上的猩猩有什麼差別嗎？」

眼見謝疏搖頭，她抿唇一笑：「夫君，沒有差別。」

謝疏：「……」

夫人，是天才；他，是傻子。

謝疏的情話攻勢以慘敗告終，冷冷的冰雨在臉上胡亂地拍。怔忪之間，雨絲忽然盡數消失，不見了蹤影。

——他大受打擊，沒心思動用除水訣，是雲朝顏擋在風雨襲來的方向，除去層層雨簾。

謝疏好感動：「夫人。」

謝疏：「夫人，要馭劍回家，路途遙遠，好累啊。如果能瞬間移動就好了。」

謝鏡辭：？

爹，你在做什麼啊爹！讓你學情話，你不要把嬌氣包人設也學走了啊！

風裡雨裡，雲朝顏無可奈何按了按太陽穴：「……上來。」

於是謝疏也詭計得逞，歡歡喜喜跳上她的刀。

好傢伙。

謝鏡辭在心裡連連搖頭。

她爹摯愛土味，她娘像根木頭，一個土一個木，搭在一起，居然還挺和諧。

修真界的俠侶大多擁有別號，她已經替他倆想好了。

等某日謝疏與雲朝顏行俠仗義，被救之人出聲詢問：「二位前輩如何稱呼？」

答曰：土木工程。

第三章　凌水變

讓謝鏡辭萬萬沒想到的是，還沒等她把嬌氣包澈底摸透，在這個人設的運用上，有另一個人更上一層樓。

謝疏深得嬌氣包之精髓，一路站在雲朝顏身後，用除水訣為她擋下斜飛的雨絲。

他心情極好，瞥見陸地上獨具特色的山川景致，還會興高采烈道上一句：「夫人，我們過幾日得了空閒，可以來此地遊玩！」

大多數時候，雲朝顏往往不會拒絕，把他的要求一股腦全應下。

居於雲京的謝劍聖年少成名、驚才絕豔，有無數修士將其視為一生奮鬥的目標。謝疏平日裡亦是不羈瀟灑，只留給旁人一道執劍的高挑身影，頗有世外高人的風範。

要是讓修真界中不計其數的仰慕者見到此番景象，不知會有多少人當場夢碎。

莫霄陽看得新奇，竭力抿著唇，不讓兩位前輩發現自己嘴角勾起的弧度；謝鏡辭對她爹娘的膩膩歪歪早已習慣，選擇自動忽略。

一行人馭劍歸家，並未用去太多時間，抵達雲京時入了傍晚，用謝疏的話來說，正好是喝酒的時候。

「你們看，春夜，大喜之日，珍藏老酒，咱們占據天時地利人和，不來聚一聚，實在說不過去。」一品酒之地位於後山的桃林，他興致頗高，一邊開酒，一邊開口道：「對了，你們三天後要去東海？」

謝鏡辭點頭：「嗯。」

這件事孟小汀催得最凶，自從見到謝鏡辭醒來的那天起，便一直不停在問，究竟什麼時候能去東海把奪走神識的小偷痛扁一頓。

如今得知她因那一部分的神識無法結嬰，孟小汀更是火急火燎，當天就買了一冊《琅琊祕境速通：你應該知道的九十九件事》。

至於謝鏡辭本人，自然也想儘快去到東海一趟。

她的一部分神識丟在那個地方，倘若不找回來，心中總感覺壓了塊石頭，悶悶沉沉地喘不過氣。

琅琊祕境人跡罕至，開啟時間飄忽不定，那時她在外面蹲守了不知多少天，才終於等到祕境短暫開啟的時候。

當初進入祕境的，理應只有謝鏡辭一人，而且在她模模糊糊的印象裡，從背後突然發起襲擊的凶手體型巨大，絕非人類身形。

「如果是其他修士下的手，沒必要只奪走一小部分神識，卻對我身上那麼多的天靈地寶無動於衷。」謝鏡辭思索道：「我也沒受到致命創傷……若說是尋仇，似乎也不像。罪魁禍首大概是祕境中的一種魔物，之所以沒被我們找到，應該是礙於爹娘的修為，一直藏在暗處不敢露面。」

這說明它並非強得離譜，無法戰勝。他們幾人一併前往，彼此之間有個照應，只要能尋到那魔物的蹤影，奪回神識就不算難事。

她想了想，又繼續說：「爹，裴渡體內的傷尚未痊癒，需要找個大夫。」

昨晚在裴府，她親眼見到他疼得滿頭冷汗，在那之後似乎緩和了一些，病痛沒再發作。

謝疏一擺手，咧嘴笑：「小事一樁。」

春夜的桃林花香四溢，月色單薄，穿過花枝飄然落下，好似墨落宣紙，在地面倏然暈開。月光淺白，青青翠綠點綴枝頭，四下淌動的空氣則被染成了桃花粉，微風一吹，便有花雨落下，美不勝收

封藏多年的美酒打開，頃刻間，桃林立即湧上一股沁人心脾的幽香。

此酒名為「滿園春」，千金難求，據說有枯木逢生之效，彙聚天地靈氣之精華，醇香且烈，花氣伴著酒香，馥鬱非常。

莫霄陽眼前一亮：「好香！」

「這酒跟上次的可不相同。」謝疏笑笑：「你們不要貪杯，否則該爛醉如泥了。」

上次眾人在涼亭下舉杯共飲，比起品酒，更像喝了幾杯味道絕佳的花釀，今日的滿園春截然不同，剛打開，就能嗅到撲鼻酒香。

上一次……好像沒有人喝醉。

謝鏡辭想著有些不好意思，當時她的人設還是霸道總裁Alpha，接到任務後，為了不讓場面變得過於尷尬，佯裝成醉酒的模樣把裴渡按在牆上，還咬了他的脖子。

……那時候的動作也太激烈了。

就算已經同裴渡相互表明心意，謝鏡辭還是生不出太大的膽子，更不用說像當晚一樣，不但把他按在牆上親，不由分說咬上裴渡後頸。

「滿園春味道很好。」謝疏親自斟酒，末了朝幾個小友笑笑：「不必客氣，儘管喝就是。」

裴渡抬手，骨節突出的手指緊緊握住酒杯。

他再不懂人情世故，也明白長輩的贈酒情誼深重，很快正了色溫聲道謝：「多謝前輩。」

謝疏朝他微微一笑，看著裴渡端起酒杯，仰頭。

裴渡：「……」

裴渡：「咳——！」

「杯子空了。」這回連雲朝顏都生出了驚恐的神色：「你一口全喝了？」

裴渡狂咳不止，一雙鳳眼猩紅，溢滿生理性淚水，一邊咳，一邊弓起身子，努力不讓自己發出聲音。

「這這這，這怎能——小渡，我來給你順氣，咳出來就好，千萬別憋著。」謝疏看得好笑又心疼，拍在少年凸起的脊骨之上，用靈力為他疏通氣息：「之前沒喝過這麼烈的酒？」

裴渡含含糊糊：「……唔。」

他說著一頓，語氣沉沉：「浪費了酒，抱歉。」

身為赫赫有名的大家族，裴家經常參加各式各樣的宴席，卻極少帶上裴渡。

裴風南認為應酬與修為無關，比起外出玩樂、浪費時間，裴渡更該留在府中練劍，以求儘早突破，讓裴府之名響徹整個修真界。

所以他幾乎沒怎麼喝過酒，對於品酒的印象，只有無意間聽過的「感情深，一口悶」。

——酒為什麼會是這種又苦又辣的味道？

「這有什麼好道歉的？酒只是死物，它讓你覺得難受，我應當罰它才是。」謝疏見他有所緩和，忍不住咧嘴笑了笑：「這樣一口下肚，最容易醉酒——你有沒有覺得頭暈？」

裴渡搖頭：「我酒量很好，從沒喝醉過。」

他的語氣篤定至極，一旁的謝鏡辭卻是抿唇輕笑，吃了口席間的小甜糕。

沒喝過，當然不會醉囉。

滿園春乃是佳釀，內蘊濃郁靈氣，不宜像尋常酒水那般肆意暢飲，而要細飲淺酌，讓靈氣緩緩浸入體中。

幾人你一言我一語地閒聊，等喝完半壇，已是時至深夜，個個面色飛紅。

自稱「酒量很好」的裴渡最丟人，整個人軟綿綿靠在樹幹上，雙眼闔上大半，應該是喝蒙了。

他對自己的實力毫無自知之明，在酒席上來者不拒，秉持著「我酒量很好」的堅決信念，但其實喝不到一半就已經時不時發呆。

謝鏡辭蹲在他身側，饒有興致地打量他。

裴渡雖然性子溫和，但好歹是個名滿修真界的劍修，平日裡話不多，端端正正立在那裡，帶著高不可攀的古典韻致，有如瓊枝玉樹、高山新雪，讓人不敢生出褻瀆之心。

似乎只有在她面前，他才會變成截然不同的另外一副模樣。

白白淨淨的，雙頰迎著月光，透出桃花一樣的粉色。

裴渡在恍惚的視線裡看見她，長睫微動，像是不好意思，輕輕低下頭。

「小渡這要怎麼辦？」謝疏也湊近看他，見到少年惺忪的雙眼，情不自禁露出笑：「要不我把他扛回去？」

裴渡搖頭：「不用。我休息片刻，等酒勁消退就行，前輩先行回房吧。」

「我留在這兒陪他。」他一向不願勞煩別人，謝鏡辭對此心知肚明，抬頭看其他人一眼，順著裴渡的意思：「你們不必擔心。」

謝疏：「謔謔。」

雲朝顏：「哼哼。」

孟小汀：「鵝呵呵。」

莫霄陽：「嗷哦——」

謝鏡辭：？

你們的眼神幹嘛那麼不對勁！

這群人雖然熱衷起鬨，但在該撤的時候，走得比誰都快。桃林偌大，很快只剩下謝鏡辭與裴渡兩人。

後者殘存一點清明的意識，嗓音是酒後的微啞：「他們走了？」

「嗯。」謝鏡辭撐著腮幫子，抬眼瞧他。

謝疏離去之前，沒帶走留在桃林裡的長明燈。此時燈火和月色相伴而下，讓裴渡的神態無處可藏。

臉好紅，眼睛裡像是生了霧。

她伸出右手，比出三根手指，慢條斯理地問他：「能看清楚這是幾嗎？」

裴渡怔忪一瞬。

裴渡：「……這是，手指。」

答非所問。

謝鏡辭本打算笑話他，卻見跟前的少年眸光一亮，似是意識到什麼，頰邊現出兩個小小的酒窩：「謝小姐的手指。」

這雖然的確是她的手指，但被他用這種噙著笑的、半癡半醉的語氣說出來……

不知怎地，總讓人覺得莫名多出幾分欲意。

鼻尖縈繞著桃花的清香。

謝鏡辭望見他眼尾輕勾，因染了薄紅，漂亮穠麗。

裴渡忽然低聲開口，像極野貓輕微的呢喃：「謝小姐。」

她很沒出息地心臟一跳。

不會吧不會吧。

沒有人能逃開的醉酒定律……終於降臨在她身上了？

但他的模樣實在可愛，迷迷糊糊毫無攻擊性，根本不像是能趁醉酒做出猛浪之事的人。

反倒是她，說不定可以趁機占得上風，逗一逗裴渡。

這個想法讓謝鏡辭有些開心，尾音抬高：「嗯？」

裴渡的目光落在她指尖，低頭湊得更近，眼看薄唇即將落在上面，卻被不動聲色地躲開。

他聽見謝小姐的聲音：「怎麼了？」

意識早就是一團漿糊，裴渡順著她的動作抬頭，喉結上下滾動，在夜色裡劃出起伏的弧度。

他沒說話，如同探尋般靠得更近，身體掠過地上的花瓣和野草，發出窸窸窣窣的響音。

裴渡再一次嘗試吻上她的指尖，旋即緩慢向下，途經指節、掌心與手腕，伴隨著淺淺的呼吸。

這個動作帶著欲意。

歸元仙府山洞裡的經歷歷歷在目，謝鏡辭下意識覺得有些慌。

以裴渡那種傻白甜的性子，喝醉酒怎麼會是這種樣子？她該不會二度翻車……吧？

吻到手腕，他忽地停了動作，抿唇安靜笑起來。

在這種彼此拉鋸的時候，一旦露怯，只會讓自己置身更劣勢的地位。謝鏡辭深諳這個道理，壓下心裡隱隱生出的燥熱，沉聲問他：「為什麼要笑？」

「……因為開心。」

他迷迷糊糊，對問題沒有防備，一面答，一面遵循本心，吻上眼前人艷麗的眉眼。

「謝小姐，像這樣，我以前甚至都不敢想。」

因著酒勁，澄澈少年音裡多了幾分暗啞的磁性，被裴渡輕輕一壓，在近在咫尺的地方響起，聲音彷彿成了電流，勾得渾身發麻。

他的唇逐漸往下，臨近鼻尖，卻驟然停下，稍稍一偏，來到她的耳垂。

謝鏡辭脊背僵住。

裴渡的氣息越來越近。

他不會是想要……碰這裡吧？誰教他這種事情的？

耳朵最敏銳，被唇瓣輕輕含住時，爆開一層層滾燙的熱。

裴渡的吐息凝成熱氣，絲絲縷縷勾連著神經，輕輕一吹，就讓謝鏡辭渾身都沒了力氣，忍不住後背發顫。

這種感覺也太奇怪了。

她癢得受不了，下意識想讓裴渡撤開，耳邊卻傳來他的嗓音，笑意比之前更深。

「不是一點點開心，是超級超級開心。」他嘴角的弧度始終沒下去過：「比一天之內得到湛淵劍、突破三個大境界、得到十本絕世功法，所有加起來更開心——謝小姐在歸元仙府對我說出那些話的時候，我還以為心臟會蹦到外面，一不留神就死掉了。」

他花了十年，才終於能光明正大站在謝小姐身邊。對於她而言普普通通的每一天，在裴渡眼裡，都是竭盡全力的日日夜夜。

謝鏡辭被直球打得暈頭轉向，腦子裡只匆匆閃過一個念頭：什麼「三大境界」、「十本絕世功法」，這是哪門子的劍修奇妙比喻，裴渡看來是當真不怎麼會說情話。

他嘴上說著這樣的話，唇瓣卻不時抿上謝鏡辭耳垂，偶爾猝不及防地用力，。

謝鏡辭快被折磨得說不出話。

「你——」她竭力吸氣：「你是從哪裡學來這個的？」

「這個？」裴渡動作停住，像是思考了好一會兒何為「這個」，等大腦終於轉過彎，笑著應她：「是孟小姐送我的話本，她說能討妳喜歡。」

謝鏡辭一口氣噎在喉嚨裡。

孟！小！汀！

不要讓裴渡看奇奇怪怪的東西啊！

「我說過會好好教妳，謝小姐。」

裴渡雙眼朦朧，如同籠罩了大霧的深潭，看不清晰，卻也帶著無窮的誘惑力，引人情不自禁跟隨。

他眉眼彎彎，比起平日裡君子溫潤的淺笑，此刻像是春風含情。薄而長的唇向上微揚，透出濕亮瑩潤的桃花色澤，乍一看去清雅自持，實則處處皆是誘色。

薄唇再度含住耳廓，唇瓣之間，溫熱的綿軟無聲探出，勾弄似的迅速劃過。

裴渡道：「謝小姐，這叫親暱。」

她當然知道這是親暱。

不對……這是哪門子的親暱！這分明就是——

腦海中忽然湧出兩個字。

謝鏡辭像被燙到，迅速收回念頭。

這種動作，分明就是毫不掩飾的引誘。

卸下了一貫的清冷自持，如同桃林裡的妖精。

她反倒成了被妖精誘惑的書生。

「我會好好學。」裴渡的聲音低了一些：「謝小姐，我從前不懂應當如何……妳不要嫌棄我。」

他說著眸光一動：「我擅長的事情很多，拔劍、砍柴、做飯、賺錢——」不靈光的腦子轉得緩慢，裴渡長睫一動，引落一片白茫茫的月色，盡數墜落眼中：「還有喜歡妳。」

擅長的事情是喜歡她，這是什麼話。

謝鏡辭耳朵一熱。

「我還有劍骨，一身修為，儲物袋裡的積蓄，只要妳要，什麼都能給妳。所以謝小姐……不要覺得厭倦，把我丟掉。」

裴渡一直沒有太大的安全感。

謝鏡辭覺得，她的臉肯定早就熱透了。

但她還是強忍羞赧，認真回答他：「我怎會丟下你。」

少年得了回應，眼尾輕勾，將臉龐埋進她頸窩：「我會很努力的，謝小姐。」

就像他在這十年中所做的那樣，竭盡所能、拼盡全力，笨拙卻固執地一步步往前。

細密的親吻自脖頸開始蔓延，謝鏡辭沒有反抗，任由裴渡傾身用力，將她壓在另一棵桃樹上。

與嘴唇相觸不同，這樣的觸感……

讓她忍不住骨頭發麻，只想咬緊牙關，不讓自己發出奇怪的輕呼。

……這也太羞恥了吧。

難怪裴渡平日裡隻字不提，只有在醉酒之後，才敢對她做出這種動作。

等他清醒之後，大抵會羞愧至死。

謝鏡辭有些迫不及待，想要見到那時的景象。

「謝小姐。」裴渡的聲音低不可聞：「以後還可以這樣做嗎？」

他在擔心自己做得不好，惹她不快。

謝鏡辭只想捂住自己的臉，看看能不能用掌心來降溫。

這種問題，誰會回答啊。

她咬著牙沒出聲，身邊是桃林幽謐的燈光，四周沒有聲音，安靜得令人心慌。

忽然之間，在漫無邊際的寂靜裡，傳來腳步聲。

有人來了。

謝鏡辭的心臟瞬間懸到喉口，用手捶他後背，壓低聲音：「……裴渡！」

他沒回答，薄唇落在她側頸，輕輕一壓：「這樣呢？」

救命救命。

謝鏡辭腦子裡的小人哐哐撞牆，驚聲雞叫——裴渡他喝傻了喝傻了，變成接吻機器人了！

那人的身影漸漸靠近。

是莫霄陽。

他們二人被籠罩在桃林陰影裡，謝鏡辭竭力屏住呼吸，不敢發出任何聲音，目光緊緊定在莫霄陽身上。

他像是在找什麼人，環顧四周，試探性問了句：「謝小姐、裴渡？」

沒有人回答。

謝鏡辭已經快窒息死掉，眼看莫霄陽朝著這邊步步靠近，趕忙用神識對裴渡應聲：「可以！現在停下，以後隨時都行！你做得很好，太好了，神之手法，天賦異稟，我超級超級喜歡！多來點也沒關係！」

可惡她在說什麼啊！

莫霄陽更近了。

在心臟被緊緊攥住的間隙，謝鏡辭看見他直勾勾望過來的視線。

四目相撞。

她當場宣布死亡。

然而出乎意料的是，莫霄陽的目光並未在她身上停留，而是恍如無物般迅速挪開，對身後的人道了聲：「沒在這兒！」

「奇怪，房間裡也沒有人，他們去哪兒了？」孟小汀語氣緊張：「該不會出事吧？」

「有謝小姐帶著他，能出什麼事。」莫霄陽打了個哈欠：「這種時候哪能打擾，也就只有妳見謝小姐沒回房間，成天瞎想——快回客房睡覺吧，我頭還暈著呢。」

他走開了。

謝鏡辭如遇大赦，心臟重新跳動。

……對了。

剛才事態緊張，她一時亂了方寸，沒察覺到空氣裡陡然蔓延的靈力。

裴渡在他們身邊設了障眼法。

所以他才能有恃無恐，心平氣和，而她——

謝鏡辭臉上更熱。

她卻講出那麼奇怪的話，什麼「多來點也沒關係」，什麼「神之手法天賦異稟」，老天，這是正常人能說出來的東西嗎？

他完了。

等裴渡酒後清醒過來，她不報此仇誓不為人，一定要讓這傢伙臉紅害羞哐哐撞牆！

謝鏡辭胸口差點爆炸，裴渡卻心滿意足，抿唇輕笑，安靜從她脖頸處退出來。

他想到什麼，笑意加深，一把握住謝鏡辭的手腕，放在緋紅俊朗的面頰上。

「除了那些，這個也送給妳。」

裴渡動作笨拙，引著她的食指來到酒窩，小小一個，圓圓滾滾，彷彿裝著蜜糖。

他啞了聲，雙眼瑩亮如琥珀，輕笑著對她說：「這裡只給謝小姐戳，其他人都不能碰。」

謝鏡辭：「……」

該死。

有點可愛，正中靶心。

什麼叫致命暴擊。

謝鏡辭食指戳在他酒窩上，心則被一支箭毫不留情澈底戳穿。方才的惱羞成怒蕩然無存，腦海裡的小人渾身無力癱倒在地，險些軟成一汪糖漿。

攻勢直來直往、毫無保留，她只覺一顆心臟劈里啪啦碎掉，手指和腳趾悄悄蜷縮，與此同時，又聽見裴渡的聲音。

在酒精作用下，所有羞赧的、拘束的、自卑的禁錮消失殆盡，壓抑了十年的情愫噴薄而出。

他的思緒肆無忌憚，藏在角落的貪戀湧上心頭，再無遮掩。

「謝小姐，妳若是方才嘗一嘗。」他眉眼一彎，眼尾映著桃花色，當真如同桃林裡勾人的妖魄，一步步將她誘入囊中：「說不定……裡面的酒是甜的。」

俗語有道，酒後吐真言。

醉酒後的行為舉止大多怪異，但其中不少作為，是心底潛意識的投射。

褪去理智的束縛，釋放本能、真實投射。

因此，面對著這樣的裴渡，謝鏡辭不免有點懵。

他平日裡那樣循規蹈矩，連碰一碰都會臉紅，心裡……卻悄悄期盼著像這樣做嗎？

——還有孟小汀那些話本，究竟教了什麼東西！

裴渡長睫微垂，安靜地看著她。

他的鳳眼狹長漂亮，黑瞳本是清清冷冷，眼尾卻內勾著上挑，平添幾分攝人心魄的韻致。此時雙眼皆蒙了層霧，與她四目相對，莫名生出希冀與渴求的意思。

鮮少有人能夠拒絕這樣的目光。

謝鏡辭並不屬於這極少數。

書生吻上花叢中的妖精。

裴渡渾身散發著淡淡酒香，離得近了，便有清新的樹香縈繞在鼻尖，混雜著桃花的味道，撩人心弦。

當她的唇落在少年圓潤的酒窩上，能感受到裴渡笑意加深，高高揚著嘴角。

他愉悅的情緒越是不加遮掩，謝鏡辭的耳朵就越發滾燙。臉頰的觸感和嘴唇不太一樣，雖然也是軟綿綿的，但不像棉花，更像緊實的果凍。

無論鼻尖還是唇齒，感受到的氣息，的確是甜的。

裴渡被親酒窩，之後便沒了意識，很快敗在滿園春凶悍的酒勁下。

早春的深夜不算寒涼，但在林中過夜總歸不太舒適，謝鏡辭又戳了戳他的酒窩，動用靈力，把裴渡運回房屋。

一夜無夢。

對於裴渡來說，第二日醒來，才是真正噩夢伊始。

正午的陽光透過窗戶，不偏不倚落在少年白皙雋秀的面龐。

裴渡長睫一動，睜開眼睛。

昨夜的記憶一點點浮現。

裴渡的身子僵成一塊木頭，一動也不動，平躺在被褥之中。

若是尋常酒釀，不會使修士產生醉意，滿園春裡蘊藏靈力，能將酒意滲入筋脈，不少人都是幾杯倒，撐不了太久。

但無論多麼爛醉如泥，修士體內都有靈氣相護，能有效防止記憶錯亂，很少出現斷片失憶的情況。

一段段零星的記憶如碎片，緩慢聚攏。

昨夜謝小姐特地留下來陪他。

一股熱氣從被褥中騰起，裴渡側過身，把臉埋進枕頭。

他不但輕薄了謝小姐，還當著莫霄陽的面用了障眼法，不顧謝小姐的反抗……讓她不得已說出那種話。

他甚至恬不知恥地索吻，說什麼「酒窩是甜的」。

雖然這些舉動裴渡都曾設想過，但實在羞恥，哪怕只是想一想，都會情不自禁覺得臉紅、唯恐冒犯了謝小姐，他怎能——

謝小姐好心留下陪他，他怎能做出那種忘恩負義的事情。他好猛浪，好心機，他是被農夫撿回家中、結果卻反咬一口的蛇。

裴渡還記得謝小姐當時滿臉緋紅，以及聽見莫霄陽聲音時的倉皇無措。

他實在太……太過分了。

他渾身發燙，下意識把膝蓋一蜷，烏髮蜿蜒，拂過白玉般的鼻尖。

正想得出神，耳邊忽然響起敲門聲。

裴渡心有所感，猜出來人是誰，緩聲應她：「進來。」

一開門，果然是謝鏡辭。

「我還以為，你會睡得更久一些。」謝鏡辭手裡拿著玉碗，進屋放在桌上，靠近幾步：「身體有沒有不舒服的地方？這碗裡是特製湯藥，你若是頭疼沒力氣，可以喝一些。」

她說話帶了笑，彷彿昨晚什麼都沒發生過，盯著他須臾，又好奇道：「你怎麼了？臉怎會這樣紅？」

「謝小姐，昨晚——」裴渡坐起身，嗓音發澀：「昨晚之事，抱歉。」

他果然還記得。

與昨夜的大膽截然不同，此時裴渡長髮披散，雜亂拂在稜角分明的側臉，面上是醉酒後虛弱的白，以及再明顯不過的紅。

她報仇的機會到了！

昨天的謝鏡辭被按在樹上唯唯諾諾，今日的謝鏡辭終於能夠重拳出擊！

謝鏡辭忍下笑：「昨晚的事，你是指哪一件？」

裴渡極快地看她一眼，表情愈發緊張，遲疑片刻，終是緩聲道：「我不顧謝小姐的意願，在障眼法之下……強迫小姐。」

「強迫」二字出口，他已是喉音發啞。

裴渡心亂如麻，只想縮進一個不會被人看見的角落，但比起兀自害羞，向謝小姐道歉才是最重要的事。

希望她不要太生氣。

「那個嗎？沒關係，畢竟喝了酒，神智難免不清。」謝鏡辭抿唇笑笑，佯裝出恍然大悟的神色：「比起那個，其實送你回房的時候更加麻煩——你還記得嗎？」

回房。

最後幾片散落的碎片凝聚成形，裴渡坐在床頭，隱約想起。

他喝了太多，偏生酒量又差勁，沒過一會兒就沒了神智，迷迷糊糊靠在樹下睡著，等再睜眼，已然回到自己的房間。

裴渡想起謝小姐。

她將他扶上床，正要離開，卻被抓住手腕。

裴渡心頭發緊，耳朵更燙。

他抓住謝小姐手腕，順勢把她往回拉，趁她跌在床上，一把抱住對方脖頸，在她耳邊說了句話。

他說：「不要丟下我。」

被褥下的雙手緊握成拳，隨著記憶浮現，裴渡眼中逐漸生出不敢置信的神色。

他恬不知恥，猛浪至極，居然還對著她的耳朵，一字一句地說：「想和謝小姐一起睡覺。」

想和謝小姐一起睡覺。

這是他親口講出來的話，貪戀美色，內心醜陋至極。

裴渡：「……」

如果人體的溫度沒有上限，他早就轟地爆開，炸成天邊一束煙花，讓所有人看一看那顆醜惡的內心。

一旁的謝鏡辭拼命忍笑，手捂在嘴邊，發出欲蓋彌彰的輕咳。

昨晚聽到裴渡那句話，她當場鬧了個大紅臉，尤其他睡意惺忪、雙眼迷濛，散著長髮笑著凝視她，還帶了點可憐兮兮的意思，殺傷力大到恐怖。

她腦海中的思緒激烈交戰，殺得你死我活，然而還沒做出決定，裴渡就已經睡著了。

出來混，遲早要還的。

昨晚他所有的橫，都會變成刺向自己的刀。

他臉紅不知所措的樣子，真的好可愛好可愛啊。

「如果身體沒有不適，就儘快起床吧。」謝鏡辭按捺下雀躍不已的心跳，朝他又靠近一些，伸手一撫，壓平裴渡頭頂一根翹起的呆毛：「我、莫霄陽和孟小汀打算商量一下東海之事，聽說那裡不怎麼太平，必須提前做好準備。」

她的觸碰猝不及防，裴渡心臟一跳。

緊隨其後，是愈發猛烈、如擂鼓的心跳聲——

「對了，酒窩裡是挺甜的。」謝小姐聲音很低，擦著他的耳朵，輕輕笑了下：「至於其他的事情，來日方長嘛。」

心裡的小人愣在原地，軟綿綿蜷成一個球，開始呆呆傻傻滾來滾去。

裴渡無聲抿唇，掩蓋嘴角陡然上揚的弧度。

「琅琊祕境開啟時間不定，想蹲點，唯一的選擇是凌水村。」孟小汀手裡拿著地圖，細細打量：「但問題恰恰出在這個凌水村——此地偏居一隅，與修真界相距甚遠，被稱為『無主之地』，近日，發生了不少離奇古怪的事情。」

莫霄陽好奇道：「什麼事？」

「比如壯年男子離奇失蹤啦，東海中妖物肆虐啦，聽說有人在夜裡上山，還見到了好幾具並肩而行的乾屍。」她說著嘴角微撇，壓低語氣：「關於凌水村的事情眾說紛紜，其中最可信的，是有人養蠱作亂，用村民為引子，透過獻祭的方式增進修為。那村子地處偏遠，沒什麼修士鎮守，就算查明真凶，也不會有人是蠱師的對手。」

謝鏡辭挑眉：「蠱師？」

修真界中道法眾多，以情入道、以食入道者皆有之，養蠱亦是其中之一，極其罕見，不算正道法門。

蠱毒變換多樣，不少能讓人生不如死，倘若真有蠱師興風作浪，對於尋常百姓而言，無異於天降橫災。

他們此番前去，必定要在凌水村住一段時間，倘若恰好與那人撞上，很可能會迎來一場惡戰。

「而且凌水村靈氣稀薄，修士到了那，修為起碼降低四成，還要無時無刻注意，不能把靈力用光。」孟小汀正色蹙眉：「在那種情況下，蠱師是非常占據優勢的。我們還是儘量小心，不要與那人發生正面衝突——不過倘若當真遇上，還是要打吧？那種草菅人命的傢伙，總得教訓一下。」

「東海之畔確實邪門。」謝疏在一旁聽了許久，摸摸下巴：「你們最好連馭劍飛行都不要用，一旦用光靈力，進入琅琊祕境會很吃虧。」

他說到此處，把視線轉向裴渡：「今日你尚未醒來，藺缺就已經到了。他整日來去無影，不知在忙什麼，由於急著趕路，趁你入睡時查探了一番經脈，沒發現殘存的魔氣。」

藺缺身為藥王谷長老，修為不低，醫術更是修真界一絕。

那團不知名的黑氣理應屬於魔息，寄生於識海，卻連他都無法察覺，實力之強，很可能遠遠超乎想像。

如今修真界裡，凌駕謝疏與藺缺之上的魔修……當真存在嗎？

「你還在思考我的身分？」耳邊傳來熟悉的咯咯笑聲：「憑他們幾個，怎能發現我的存在？」

腦海中傳來陣陣刺痛。

裴渡沒回應它，又聽謝疏繼續道：「你修為增進飛快，上次在歸元仙府又受了傷，有幾處經脈被瘀血堵住，他已經為你疏通。如果仍有不適，一定要告訴我。」

裴渡點頭：「多謝前輩。」

「你幹嘛不回答我！」耳邊的聲音氣急敗壞，在他識海裡橫衝直撞：「不理我、不理我！我最恨你這種樣子，真以為自己多麼高潔，多麼了不起？最後還不是要被我吞噬理智，變成人人得而誅之的魔頭。」

它說著笑出聲，桀桀怪音尖銳刺耳，像是想起極好笑的事情，但片刻之後，又做出惱怒不堪的模樣：「你什麼都不知道……你這個小偷！讓我進去，讓我進去！」

它想進入他的識海深處。

劇烈疼痛一波接著一波，裴渡蹙眉抿唇，竭力止住顫慄，不讓身邊的人看出異樣。

修真界裡那麼多修士，要說天生劍骨，也不只他一個。

魔氣卻執意要控制他的身體，就連在它周身，也環繞著某種似曾相識、極為微妙的氣息。

莫非……他與這魔氣曾有什麼關聯？「人人得而誅之的魔頭」和「小偷」又是何意？從它的語氣聽來，他們認識？

「多帶些靈藥和法器，以備不時之需吧。」謝鏡辭道：「東海如此險情，還要讓大家隨我一併前行……多謝。」

黑氣本在大喊大叫，聽見她的聲音，瞬間怔忪。

「我早就想抓到凶手了！」孟小汀鬥志昂揚，說到一半，露出有些好奇的神色：「不過我還挺好奇的，那玩意不偷法寶，也不碰金丹，只拿走了一小塊神識……那神識裡究竟是什麼？」

莫霄陽同樣興奮：「我從沒見過蠱師，只聽過一些傳聞，什麼情蠱、絕心蠱、噬心蠱，早就想見識一下了。」

「你說的蠱毒，都是給心有所屬之人用的伎倆。」孟小汀呵呵，毫不留情戳穿：「像我們這種，只能得到萬蟻噬心蠱、天雷蠱和傀儡蠱。」

莫霄陽：「……」

「那我們休息兩日吧。」謝鏡辭點頭笑笑：「兩日之後，前往東海凌水村。」

與此同時，裴府。

夜風吹動層層帷幔，燭火映著輕紗，在偌大房間裡，勾勒出女人纖細的身影。

有人敲門而入，快步走向女人身側，腳步輕捷，沒發出半點聲音。

白婉放下手中書冊，聽來人耳語半晌，末了，眼底劃過一絲狠戾之色。

她語氣沉沉，若有所思地挑眉：「東海？」

「正是。」來人道：「東海近日並不太平，琅琊祕境亦是詭譎莫測，他們此行必不可能一帆風順。」

白婉冷笑。

她聽說過當初發生在琅琊祕境的變故，謝鏡辭遭遇突襲性命垂危，昏迷了整整一年。

怎麼只昏迷一年呢。

倘若謝鏡辭在那時死去，一切都會變得全然不同。裴渡在鬼塚的懸崖下孑然一身、尋不到絲毫倚仗，哪裡會像現在這般，肆無忌憚騎在他們頭上。

還牽連了她的小鈺。

裴鈺一事傳遍修真界，裴府元氣大損。

裴風南最好面子，這幾日四處奔波，想方設法把影響降到最低，從沒回過家。白婉對他最後的印象，是那人氣急敗壞，指著她的鼻子罵：「看看妳教出來的好兒子！鬼塚之事，到底是不是你們動的手腳！」

她沒回答，裴風南也沒多問。

他內心深處，定然恐懼著真相——倘若那天的罪魁禍首真是白婉，那他對裴渡的所作所為，無異於不分青紅皂白，平白無故冤枉了好人。

裴風南在竭力避免真相，讓自己不受良心的譴責。

無論如何，拜那群人所賜，她的兒子、道侶與名聲全都沒了。如今裴家成了個笑話，更有不少人說她和小鈺是惡有惡報。

白婉眸色幽暗，眼底凝著層冰冷寒霜。

他們說她是惡人，那她就把這個惡人當到底囉。

謝鏡辭能在琅琊祕境裡出一次事，那就理所當然，也可以撞上第二遭十死無生的險境。

琅琊祕境人跡罕至，也沒有監控所用的視靈，不管發生什麼事，外人絕不可能知道。

謝鏡辭、裴渡，還有那幾個不知天高地厚、詆毀小鈺的小輩……

這一次，她定要他們死無葬身之地。

東海偏居一隅，加之近日事故頻發，蠱毒殺人的傳聞不脛而走，凌水村也就跟著搖身一變，從默默無聞小村莊一躍成為大凶之地，很少有人願意接近。

越靠近海岸，空氣裡的靈力就越是稀薄。謝鏡辭四人早早放棄了馭器飛行，在臨近城鎮雇了輛馬車，前往凌水村。

車夫本是不願靠近那村子，奈何謝鏡辭實在給得太多，見到鼓鼓囊囊的靈石袋，便忙不迭應了下來。

這是個身形高大、膚色黝黑的中年男子，一路上話格外多：「看諸位這打扮，莫不是前去琅琊祕境的修道之人？」

莫霄陽點頭：「正是。大叔你怎麼知道？」

「如今凌水村出了那麼多怪事，除開修士，還有誰敢貿然靠近。」車夫搖頭：「聽說昨天又有一個人不見蹤跡，現在到處都在瘋傳，說他是被抓去煉成了蠱人——蠱毒你們知不知道？很嚇人的，又毒又狠。」

孟小汀被顛簸得頭昏眼花，好不容易在平路上喘一口氣，聞言接話道：「村子裡出了怪事，難道沒人來管？」

「哪會有人來。東海向來被稱作『無主之地』，因為太偏僻，地處兩界相交處，凡間官府管不到，和修真界又幾乎斷了往來。」車夫喟嘆一聲：「更何況這裡本就是邪祟橫行的地方，出點事不稀奇——要我說啊，你們最好不要靠近那個地方。養蠱殺人，頂多是一時之舉，琅琊祕境什麼時候都能開，等風頭過了，還不是照樣進去。」

謝鏡辭坐在角落，思忖著斂了神色。

蠱師定是看中了凌水村無人看守、消息閉塞的現狀。如今他身分不明，又藏在暗處不知所蹤，就算修真界來了人，也能神不知鬼不覺偷偷溜掉，不留絲毫線索。

「出點事不稀奇？」莫霄陽不愧是好奇寶寶，聽罷揚高音量：「既然凌水村如此危險，為什麼還會有人心甘情願住在那兒？」

他話音方落，就聽見馬車裡響起一聲笑。

這笑十足陌生，是從沒聽過的聲音，莫霄陽循聲抬頭，正對上青年黝黑晶亮的雙眼。

除了他們一行人，馬車裡還有另一名乘客。

此人自稱「顧明昭」，也著急去往凌水村，正好和他們找上同一輛馬車，便坐在角落與四人同乘。

「這位小友有所不知。」

顧明昭是個二十歲上下的年輕人，面色白淨、相貌清秀，一雙桃花眼時時彎著，嘴角輕勾。

他高高瘦瘦，模樣算不得多麼出眾，瞳孔卻是又黑又亮，漫不經心一掃，看不出什麼情緒，自有一番風流韻致，讓人如沐春風。

用更通俗一點的話來說，像是個手無縛雞之力的小白臉。

「東海雖然危險，但也蘊藏著無盡商機。海邊有那麼多奇珍異寶，鮫綃、夜明石、種類繁多的魚和蚌，運氣好一些，甚至能撞見價值連城的寶貝。」他說著笑笑，露出潔白整齊的齒，聲音和長相一樣，同樣聽不出有什麼特色之處：「風險與收穫往往並存。也不怪每年前往淩水村的人一波接著一波，畢竟努力一把，指不定就能得到下半生的榮華富貴。」

這人周身環繞非常淡薄的靈氣，並不濃，隱隱約約的，彷彿隨時都會消散，

東海修士很少，大多數是凡人，他要麼修為極低，要麼深不可測，刻意隱藏了實力，連謝鏡辭都無法看出真實水準。

謝鏡辭聞聲挑眉：「聽起來，顧公子很瞭解淩水村之事。」

「那當然囉！」顧明昭笑笑：「我就住在那地方，這次出門，是為了採購食材。」

陰差陽錯居然遇見了淩水村當地人，幸福來得太突然，孟小汀秒變星星眼。

顧明昭察覺到她的表情變化，笑意更深：「諸位想去琅琊祕境？其實那裡沒什麼好玩的，天靈地寶早就被搶奪一空了。」

謝鏡辭心下一動：「道友去過琅琊祕境？」

實在看不太出來。

顧明昭模樣慵懶，像是個隨性的大少爺，和祕境裡的打打殺殺全然不沾邊。

「很久以前去過。」他靠在身後的車廂木板上，語意隨和：「我沒什麼修為，進去也只是湊湊熱鬧。琅琊現世多年，祕境裡的寶貝一點也沒剩，邪祟之物倒是生了許多。要我說，

諸位沒必要進去冒險。」

此人來歷不明，謝鏡辭自然不會向他透露前往琅琊的真實目的，聽罷頷首笑笑，接著問：「邪祟之物？我有個朋友進入祕境，不小心遇了襲擊，出來之後，發覺神識缺了一塊，記不起許多事情……不知這種情況，可否與琅琊裡的邪祟有關？」

莫霄陽看她一眼。

還是修真界的人會玩，她口中的這個「朋友」，分明就是謝小姐自己。

再看另一邊的顧明昭，竟是露出一絲怔忪，笑意斂去，頭一回正色應聲。

「據我所知，在修真界現有的記錄裡，並未出現過能吞噬神識的邪物。但我的確曾聽聞，一些進入琅琊的修士喪失了記憶，變得神志不清——琅琊現世已久，彙集天地靈氣，可能滋養出某種全新的邪祟，以汲取記憶為樂。」

果然是邪物作祟，而非人為襲擊。

所以在謝鏡辭遇險之後，她爹娘翻閱所有文獻古籍，都沒能找到任何相關的線索。

能力不明，身分不定，連長相也無人知曉……

到時候就算真能進入琅琊，想找到它，定然並不容易。

她還在思考，忽然聽見車夫的大嗓門：「各位公子小姐，我把你們送到這裡，走上一盞茶的功夫就能到凌水村。」

他說著一頓，似是不好意思：「再往前，就是有人出事的地方。我要是把你們送進村子，到時候一個人出來，心慌。」

這幾天的東海凶機四伏，他能把人送到這兒，已經算是仁至義盡。謝鏡辭道了謝，縱身一躍跳下馬車，朝四周一瞥。

臨近凌水村，人跡罕至。和她一年前來到這裡時的景象相比，除了更蕭索一些，似乎並沒有任何變化。

不遠處就是廣闊的沙灘，綿綿黃沙宛如巨毯，蔓延著一直往前。

往前遠眺，能見到柔波拍岸，在湛藍海水與澄黃沙灘彼此相連的地方，是被捲起的千堆雪色。

天與海連成一片，皆是清澈如鏡，乍一看去找不到交界點。四周充斥著濕漉漉的海風，一併席捲而來的，還有海浪翻湧的嘩啦響聲。

要在平日，這定是一番閒適動人的美景，然而一旦搭配上凌水村發生的慘案，難免顯出幾分荒無人煙的寂寥與詭異。

尤其是據車夫所言，這裡還曾發現一具屍體。

「蠱——師——」孟小汀把手裡的八卦小報一放，若有所思：「我聽說蠱師性格古怪、行蹤莫測，雖然有幾戶明面上的蠱術世家，但大都逐漸衰落了——洛城白家更是被人滅了滿門，凶手直到現在都沒找到。」

身邊有個土生土長的本地人，這種絕佳資源不用白不用。

謝鏡辭心生好奇，轉頭看顧明昭一眼：「關於村子裡發生的怪事，如今可有探出眉目？」

莫霄陽被撲面而來的寒氣凍得哆嗦：「死在這裡的那個人，又是怎麼一回事啊？」

「始作俑者從未現身，我們只能憑藉屍體的模樣，推測出是遭到蠱蟲所害，其餘一概不知。」顧明昭聳肩：「至於這兒——你們看見那座廟沒？」

他說著伸出手去，直指海邊一棟破落不堪的房屋。

那屋子不知建成了多少年，年久失修，不但沾滿灰塵、片片褪色，連大門都被生生拆去了一扇，只留下另一扇門孤零零立在原地，被風一吹，發出低啞粗噶、宛如瀕死之人的沉吟。與其說是廟，更像志怪故事裡鬼怪橫行的破房子。

謝鏡辭「唔」了一聲。

「屍體就是在那裡發現的。那人是村裡的漁夫，早早出門打魚，卻再也沒回家，幾日之後有人無意間路過此地，想進廟裡避避雨，打開廟門，就看見他了。」顧明昭道：「聽說被抽乾了精血，整個人乾巴巴的，古怪得很。」

「我的確聽說過，失蹤的大多是中年和壯年男子。」鬼域不信神明，莫霄陽沒怎麼見過廟宇，有些好奇地上前幾步，在廟門外探頭探腦：「這裡面供奉的是什麼神？這裡好像刻了字——『水風上仙』？」

這是個陌生的名字。

謝鏡辭答得很快：「沒聽說過。」

「看這座廟宇的模樣，應該許久無人前來祭拜。」裴渡溫聲道：「我聽說某些偏遠之地，人們為了祈求出行平安，會自創神位，造出只屬於當地的新神，庇佑一方。」

只不過這位水風上仙似乎沒太大用處，祭拜之人一天不如一天，久而久之，連廟宇都成了無人願意光顧的廢墟。

想想有些可憐。

「造出新神？」莫霄陽雙眼瞪圓：「神也能造？」

「與修道而成的仙不同，諸神以信仰為食，一旦信奉的人多了，便會產生強烈願力。願力凝結，強大到一定程度，能化出實體。」裴渡耐心解釋：「凌水村願力微小，不足以造出真神，就算能凝作實體，力量也不會太強。更何況廟宇破落至此，願力已然消散殆盡，那位水風上仙，應該早就消失了。」

真奇怪。

按理來說，凌水村被稱為「無主之地」，多年來妖魔邪祟層出不窮，眾多百姓生活於此，必然迫切想得到神明的庇護。

越是情況危機，願力也就越強，究竟發生過什麼事情，才會讓水風上仙的廟宇變得如此門可羅雀？

「誰知道這是什麼神仙，杵在這地方很多年了，從沒見人拜過。」顧明昭對此並不上心，伸了個懶腰：「要我說，求神不如求己。如果這上仙當真有用，怎會讓我們置身於如此水深火熱的境地，也難怪沒人信他。」

謝鏡辭不置可否，目光一轉，向更遠的地方望去。

在烈烈驕陽下，已經能看見凌水村的大致輪廓。

想靠東海發家致富的人並不少，因而村落規模不算小。鱗次櫛比的房屋錯落有致，呈井字形一一排開，遠遠看去，只能見到雪白牆壁，以及魚鱗一樣密集的漆黑瓦片。

在凌水村旁邊，則是風平浪靜的大海。

她知道，等時機成熟，那片海面會被靈力一分為二，潮水層層退開，讓出一條僅容一人通過的狹窄小道，順著小道往前，便是琅琊祕境的入口。

也不知道什麼時候才能等來。

「神仙也過得這麼慘。」莫霄陽最後看那破廟一眼，抬手一揮，用所剩不多的靈力施了個除塵訣，雖然微薄，卻足以讓灰塵消散大半、門窗透亮：「老兄，就當給你掃墓了。」

「我對凌水村熟悉得很，各位進了村子，若有不便之處，大可前來找我。」顧明昭像是被他的舉動逗樂，不做評價，咧嘴笑道：「只要我能幫上忙，定然——」

他一句話沒說完，忽然神色一滯，止住即將出口的言語。

謝鏡辭亦是面色驟凜。

有邪氣。

東海靈力稀薄，在廣袤荒蕪的靈氣荒地上，突如其來的邪氣十分突兀——

尤其是，那道邪氣還來源於破廟裡。

想必是莫霄陽催動除塵訣，引發的動靜將其驚擾。

「謝小姐。」裴渡凝神，手中湛淵逐漸化形：「裡面藏著的人，最低有元嬰修為。」

「奇怪，」顧明昭後退一步，識相地躲到幾人身後，「我聽說那人的據點是潮海山，他怎會出現在這裡？」

莫霄陽痛心疾首，關注點同他截然不同：「這神仙真慘，不但死了，廟還成了邪修的老巢——這不相當於墳被挖了嗎？」

「噓。」謝鏡辭壓低聲音：「他出來了。」

邪氣迅速靠近。

那人必然察覺了外面的動靜，廟宇之內無處可逃，唯一脫身的辦法，只有一鼓作氣往外衝。

疾風伴隨著黑氣一擁而上。

此時天光明朗，悠悠一照，就在滿屋飛散的灰塵裡，映出一道影子。

那道黑影身披一件純黑斗篷，臉龐與身形皆被牢牢罩住，看不出真實模樣，由於速度極快，化作了一縷殘影，帶著破風之勢飛速襲來。

「當心。」謝鏡辭蹙眉，握緊手中鬼哭刀：「他身側……好像跟著什麼東西。」

不過須臾，那人便衝到了廟宇門前。

他身旁竟環繞著幾十上百隻黑色飛蟲，密密麻麻懸在半空，晃眼一望，像極湧動著的黑氣，讓人看得頭皮發麻。

這是個蠱師，戰鬥方式，理所當然是用蠱毒。

黑衣人身形飛快，動作僵硬卻一氣呵成，不似活人，更像是經過千錘百煉的完美傀儡，隨著一聲口哨響起，飛蟲們如同得了指令，一股腦向前飛竄。

「這這這是什麼！你們不要過來啊！」

在場幾人都是頭一回撞上蠱師，對這種古怪的戰鬥方式格外陌生。孟小汀最討厭小蟲，見狀面色發白，一拳捶在飛蟲堆裡，靈力層層疊疊蕩開，遍地蟲屍。

顧明昭滿目震驚，看她一邊逃竄，一邊掄起鐵拳猛砸，隔了半晌，才訥訥開口：「女俠，好、好拳法。」

孟小汀不理他：「這邊怎麼還有蛇！」

——但見黑衣人身形一動，向遠處逃去，臨走前手一揮，團團黑霧上湧，竟在頃刻之間凝成條條巨蟒與毒蠍，一齊朝著眾人襲來。

每隻蛇蠍都裹著惡臭邪氣，擁有不低的修為。她打得一個頭兩個大，心裡唯一的念頭，就是完事以後泡上整整一個時辰的熱水澡。

「辭辭，妳和裴公子去追他，我同莫霄陽拖住這些毒物。」孟小汀咬牙深吸一口氣，看向身旁並肩作戰的好友：「莫霄陽，你還好——」

她話音未落，在見到莫霄陽時瞬間愣住。

莫霄陽是個愛笑的男孩，通常運氣也不會太差。在雲京城裡閒逛他會笑，歸元仙府得了寶貝他也會笑，但無論是那一次露出的笑容，都不及這回歡快。

「你們放心去吧！」來自鬼域的朋友雙眼發亮，甩著舌頭狂揮長劍：「烤蠍子、燉蛇煲、炒蛇肉……欸那個大哥，你還有蝗蟲或者蠶蛹嗎！」

孟小汀倒吸一口冷氣。

差點忘記，他們鬼域人連魔獸都敢吃，烤蝗蟲、烤蠶蛹、烤蛇肉更是家常便飯，身體早就被魔氣侵蝕個透，堪稱百毒不侵！

謝府整天山珍海味，莫霄陽已經很久沒見到這些老朋友了。

在今天，它們就是他多日未見的糟糠之妻、夢寐以求想要尋見的寶貝，扭一扭舔一舔泡一泡，營養是隔壁謝府大魚大肉的八倍，想想就讓他熱血沸騰！

顧明昭的下巴已經快落地了。

——這可是蠱蟲啊小哥！人家蠱師拼了命地養蟲子，不要把它們當作養殖場裡的食材啊喂！

他本以為遇上一群靠譜的正經修士，結果這是什麼人吶！

謝鏡辭來不及多言，與孟小汀對視一眼，隨裴渡一道殺出重圍。

黑衣人跑得飛快，不時從身上丟出蛇蟲拖延時間，不做任何反抗，一味逃竄。

她下意識覺得不太對勁。

裴渡說過，廟宇裡的人最低有元嬰修為，加之蠱師十分罕見，攻擊手段詭譎莫測，按理來說，他不應該如此驚慌失措。

只有一個解釋得通的可能性。

「謝小姐。」裴渡同樣意識到不對，用傳音：「這應該是個假人。」

傀儡，或者說，很可能也是一具屍體。

也許打從一開始，廟宇裡藏著的就只有這個傀儡；也許還有另一個不知名的人躲在暗處，之所以放出傀儡，是為了吸引他們的注意力。

如果是第二種可能……

謝鏡辭胸口像被用力一敲。

莫非那人……仍然在廟裡？

傀儡閃得飛快，避開一道道雪白劍光，在裴渡倏然靠近時，猝不及防轉過身來。

他的動作快得驚人，一招一式皆是規規整整，如同教科書上的示範。黑氣接連往外狂湧，被二人一一擋下，在呼嘯而過的邪風裡，謝鏡辭蹙起眉頭。

倘若一個傀儡就有如此強勁的實力，那蠱師本體……究竟是何等水準？

裴渡亦是皺了眉。

藏匿在識海中的黑氣又開始躁動不堪，大腦中重重爆開劇痛，他竭力凝神，不去在意，耳邊卻充斥著它越發倡狂的笑聲。

它想讓他敗在蠱師手下。

只要他被邪氣擊中、意識渙散，黑氣便有了可乘之機，能瞬間深入他腦中，占據神識，取而代之。

黑氣一日不除，在今後的戰鬥裡，它都定會重複這樣的手段。

裴渡咬牙，忍下幾乎能撕裂識海的劇痛，在心底默念劍訣。與此同時謝鏡辭躲開一團邪氣，側身拔刀而起。

刀光劍影彼此相撞，黑衣人無法抵擋，被擊潰在地。

「……的確是一具屍體。」

處於東海，所有人的修為遭到一定程度削弱。謝鏡辭費了一些氣力，只覺體內靈力剩下一半，順勢靠近傀儡，揭下他身上蓋著的黑布。

黑布之下，男人死不瞑目、渾身乾枯如樹枝，無比驚恐地睜大雙眼，瞳孔裡滿是血色。

身後的裴渡沒說話。

她正要轉身看他，忽然聽見系統的叮咚一響。

這是人設即將變動的預告，若是放在從前，謝鏡辭定會心緒不定，唯恐出現多麼稀奇古怪的任務，如今乍一聽見，危機感少了許多。

——畢竟她和裴渡已經相互表明心意，就算她做出什麼奇奇怪怪的事，都能解釋成情侶之間的小趣味。

應該……吧。

『叮咚！』

『檢測到世界線變動，人設發生突變。』

『正在轉換設定，請稍候……』

『恭喜！全新人設「黏人心機兔子精」已發放，請注意查——』

謝鏡辭沒來得及聽完系統的話。

在它說出最後一句話時，她聽見骨骼碰撞發出的哢擦輕響。

然後是裴渡的聲音：「謝小姐！」

本應倒地不起的傀儡如同迴光返照，忽然身形一動，從黑袍裡拿出什麼東西，抬手一揮。

洋洋灑灑的白色粉末襲來之際，謝鏡辭被裴渡撲到另一邊。

系統的聲音戛然而止。

取而代之的，是另一道從未聽過的粗礪大笑：「讓我進去！你一日不讓我進去，我就無時無刻折磨你，讓你生不如——嗯？」

她和那道聲音皆是愣住。

它方才還趾高氣昂，意識到不對勁，語氣裡多了幾分慌亂與驚異：「妳是——這是怎麼回事？」

謝鏡辭同樣抓狂：「你是誰？我的系統呢？統？在嗎統？」

沒有回應。

那不速之客一下子消了氣焰，藏進識海裡，不再發出聲音。

系統不見了。

這是從未出現過的情況，謝鏡辭心中閃過隱隱的猜測，身形微滯，看向身旁的裴渡。

裴渡漆黑的鳳眼裡盡是茫然。

還有滿滿當當的恍然與震驚。

她好像……明白了。

謝鏡辭顫著聲音：「人、人設？」

裴渡怔忪著點頭，望向黑衣人手中。

一個褐色紙袋，上面用小字寫著：「蝶雙飛。」

這是蠱毒。

聽名字，很可能還是擾人魂魄，讓兩人神識互換的蠱毒。

然而大千世界無奇不有，他們兩人的識海裡，都寄居著外來的意識，由於位於識海淺層，蠱毒猛然一碰，立即交換了。

在裴渡腦子裡的那聲音是怎麼回事？「折磨」究竟是何意？而且……

她她她、她目前的人設是什麼來著？

謝鏡辭心中轟地一響，恍惚間浮起幾個大字。

黏人心機兔子精。

糟。糕。

這個人設很磨人，堪稱舉世無雙的惡臭綠茶，用了不知多少手段引誘男主人公，最擅長黏人和……

那個詞語梗在心頭，謝鏡辭耳根一紅。

謝鏡辭握刀的手微微顫抖。

那些還不是最要命的。

兔子精……有發情期。

按照系統一貫的作風，很可能就出現在第一個任務裡。

救救救命啊，她已經不敢去看裴渡了。

——為什麼會在這種節骨眼上出事啊！

「謝小姐、裴公子！」那邊響起顧明昭的聲音：「蛇蠱已經被解決，你們這邊如何？」

謝鏡辭心亂如麻，飛快看裴渡一眼。

他抿了唇一言不發，握著湛淵劍的五指發白，黑眸幽深，劍意未消。

乍一看去，的確是個面如白玉、凜然高潔的雋秀郎君，然而她離得近，一眼便見到裴渡泛紅的耳垂與眼尾。

他在竭力抑制顫抖，呼吸紊亂不堪。

沒人能想到，在一派光風霽月之下，是何等的暗潮洶湧。

救。命。啊。

「廟宇裡有個地下通道，直達海岸另一邊的山腳下。」孟小汀接話：「我們料想他用了傀儡，於是跟上去查探，可惜沒見到任何蹤跡——裴公子還好嗎？為什麼要把劍撐在地上？」

「他受了點傷，沒什麼大礙。」

謝鏡辭迅速從儲物袋掏出一件披風，一把蓋在裴渡頭頂，整理褶皺時，不經意間碰到他側臉。

裴渡呼吸陡然加重。

謝鏡辭腦子一炸：「對對對不起！」

「我先帶他去廟裡擦些藥，你們先行去凌水村看看——不用跟來。」她扶著裴渡，一邊往前走，一邊用傳音悄聲道：「你別慌……那個，按照腦袋裡那東西的指示，一步一步跟著來。」

所以事情為什麼會變成這樣啊！

身後的莫霄陽還在自言自語：「裴渡受了傷，不用去醫館嗎？」

孟小汀敲他腦袋：「笨啊，凌水村的醫館，哪能比得上辭辭帶來的傷藥。而且你懂的，辭辭嘛，她不是那個那個嗎，悶了那麼久，好不容易主動出擊，我們要努力替她爭取機會，不能去打擾，嘻嘻。」

你們兩個聲音好大！還有，為什麼你還記得她暗戀裴渡的大烏龍啊孟小汀！這種老母親看到女兒長大一樣的欣慰感是怎麼回事！

「謝小姐。」裴渡的呼吸聲越來越亂，隔著層層衣物，謝鏡辭能感受到他身上翻湧的熱。他語帶茫然，尾音漸弱，吐息淩亂：「我好奇怪……」

兔子的發情期，理應很難熬。

謝鏡辭經歷那個世界時，為了避免受到這種折磨，工作效率前所未有的高，終於在這個時期來臨之前，火速滾去了下一個世界。

對不起裴渡 bot，今日份更新。

裴渡，讓你背負這種生命不可承受之痛，對不起，真的真的對不起！

水風上仙的廟宇越來越近。

多虧有莫霄陽的除塵訣，地面整潔如新，她小心翼翼引著裴渡坐下，一直虛虛扶住，不敢觸碰。

所以現在該怎麼辦。

系統的存在被裴渡知曉，他還要跟隨指示，一步步做出那些無比羞恥的舉動……

被撩撥的對象澈底翻轉，成了謝鏡辭本人。

她快瘋了。

少年劍修面色潮紅，眸子裡映著春水，濕漉漉盯著她瞧。

裴渡本就生得漂亮，如今新雪般的清冷褪去，眼底竟浮起淺粉色澤的撩人豔色，謝鏡辭無法承受這樣的目光，胸腔快被心臟衝破。

當初裴渡面對她……也是如此一般的感受嗎？

謝鏡辭不知道他的所有動作裡，哪些出於真心，哪些來自於系統給出的臺詞。

在破敗的廟宇裡，陽光斜斜落下，墜入少年混濁的眼底，裴渡無措地伸出手，指尖滾燙，落在她手腕上。

像一縷星火。

謝鏡辭被燎得一陣顫慄。

手腕在他的牽引下一點點往上，掌心柔軟，撫上裴渡緋紅的面龐。

他茫然，羞愧，眼底仍有屬於劍修的凌冽，更多卻是顫抖著的赧然。

他明白了謝小姐古怪的舉動，也同樣明白，自己不應當順著腦海裡的指令去做。

……那樣實在羞恥，身體卻甘之如飴跟隨著牽引，心甘情願、也帶著期待地，想要那樣對待她。

他真是太過分了。

看見謝小姐泛紅的臉，居然隱隱感到開心。

「謝小姐。」裴渡喉頭微動，聲音帶著火，有些喑啞，在她耳邊匆匆掠過：「……妳摸摸我。」

第四章 蠱師

兔子精這個人設，謝鏡辭頗有印象。

在快穿世界裡，身為頭號反派女配，這個人設極端仰慕男主卻愛而不得，於是用盡千方百計，無所不用其極地萬般撩撥，其中有些招式，連謝鏡辭看了都臉紅。

眾所周知，在大多數劇情裡，都會有個對男主死心塌地的女二號，心機深沉、相貌明靡，奈何前者只會對女主角動心，面對示好，往往冷眼相待。

謝鏡辭敬那些男主是條漢子。

如今她與裴渡同處於廟宇之中，僅僅見到他兩頰飛紅、脊背輕顫的模樣，一顆心臟就已經七上八下，完全亂了陣腳——而這還是在人設劇情尚未開始、裴渡只說了短短一句話的情況下。

究竟怎樣才能做到穩如泰山，她她她真的把持不住啊！

更何況裴渡還這麼難受。

如果撫摸有用，摸一摸也沒關係吧？不對……發情期這種情況，真能靠簡簡單單的撫摸挺過去嗎？

謝鏡辭被這個想法灼得耳後一熱。

她努力止住慌亂，順勢伸出手，在半空徘徊一陣子，不知應當放在哪裡，遲疑須臾，一把按住裴渡頭頂。

這是謝鏡辭頭一回摸別人的腦袋。

她毫無經驗，更不知道如何才能讓裴渡感覺舒服一些，只能回憶當初養貓的經歷，像擼貓一樣生澀撫摸。

原來他的髮絲是軟的，透著股熱氣。

「那個……你現在是什麼感覺？」謝鏡辭壓低聲音，手在他頭頂輕輕一撫：「像這樣，可以嗎？」

裴渡竭力抑制顫抖。

她沒體驗過兔子發情期，想來應該和 Alpha 的敏感期相差不大，或是說，需求可能更甚。

謝鏡辭心裡咽下眼淚。

對不起，裴渡。

「……我不知道。」裴渡的嗓音同樣很低，帶著懵懂與遲疑：「有些……熱。」

少年說完方覺羞恥，忍下眼眶騰起的熱，抿起薄唇。

他怎麼能在謝小姐面前露出這副模樣，簡直不堪至極。

可她的掌心無比清晰地落在頭頂，從未有過的舒適湧遍全身，彷彿每一滴血液都在顫慄，裴渡一面唾棄自己不知羞恥，一面情不自禁地，想要索取更多。

腦海裡的字句還在不斷浮現。

他深吸一口氣，詢問那道突然出現的、聽不出語調起伏的聲音：「你是誰？為什麼會在謝小姐識海裡？」

『與你無關。』那聲音答得模糊，語氣懶散，說罷輕笑一聲：『這本來是她的任務，以你們兩人的關係，由你替她完成，應該不過分吧？』

他眸色更深，在渾身難耐的燥熱裡，終究是慍怒占據了上風：「你一直在強迫她做這種事？」

『小公子，這話可就不對了。』對方懶懶一笑：『我同她是合作關係，謝鏡辭有求於我，自然心甘情願為我做事——要不然，你以為她怎能從那種情況下醒過來？』

也就是說……謝小姐之所以能從長達一年的沉眠中甦醒，全因與這道聲音做了交易。

而這就是黑氣所說的，關於謝小姐的祕密。

那次夢裡的啃咬、酒後莫名的占有欲，以及所有在他們尚不熟識時謝小姐所做的曖昧舉動，在這一刻，全都有了答案。

『其實你大可放心。』那聲音停頓片刻，忽而又道：『我給她的只有幾句臺詞而已，你如今要做的，不過是按著臺詞來說。不是多麼困難的活，對吧？』

它若有所指，裴渡卻瞬間明白了話裡的意思。

這些不過是幾句話而已。

無法做出任何改變，謝小姐的人生軌跡，仍是由她自己掌控。

去鬼塚尋他也是，在歸元仙府，當他被裴鈺指責誣陷，毫不猶豫地一步步走向他時也是。

那些都是謝小姐的本心。

隨著謝鏡辭的撫摸，難言的躁動終於得到舒解。

但她的觸碰輕柔緩和，在一瞬的舒適以後，是更洶湧、宛如潮水般的渴求。

裴渡咬牙，繼續在識海裡問它：「你為何會找上謝小姐？」

這是個有趣的問題。

『謝鏡辭最開始的時候，也曾這樣問過我。』對方也沒想到會進入他識海裡，覺得有趣，心情很不錯：『我告訴她，此事涉及天道規則，不能隨意透露，今日你問我，也只能得到同樣的回答。』

……天道規則？

天道往往只會干涉影響整個修真界的大事，謝小姐昏迷不醒，為何能引來關注？

腦海中的謎團越來越多，裴渡蹙眉：「我體內的黑氣究竟是何物？它為何會知曉你的存在？」

那聲音沉默了一瞬。

『黑氣？什麼黑氣？知道我——嘶。』它第一次露出了懊惱的模樣，自言自語：『糟糕……不會吧。』

它說罷頓住，在識海裡匆匆一晃：『不好意思，劇本可能要暫停一下，你慢慢熟悉角色，拜啦。』

沒等裴渡反應過來，那道聲音便消匿了行蹤。

於是滿身燥熱驟然褪去，識海重歸清明，謝小姐的手掌仍落在他頭頂，拇指一動。

她定是察覺了他的目光變化，怔忪一瞬，鬆了口氣：「你沒事了？」

這道聲音有如清泉擊石，讓裴渡猛然清醒。

他方才……

少年臉上的潮紅還沒褪去，便又湧上更濃郁的粉。

他方才對謝小姐露出那樣羞恥的表情，說出那麼羞恥的話，他——

他差一點就要對她說，想要更多。

他真是沒救了。

糟糕糟糕，裴渡果然臉紅了！

謝鏡辭心裡的小人哐哐撞牆。

他向來光風霽月、清雅傲岸，哪曾做過這般舉動，定然覺得羞恥難堪。

她歉疚不已，努力做出鎮定的模樣，穩下聲來解釋：「你是不是聽到一陣奇怪的聲音？是它幫我從沉眠裡醒過來，作為代價……就是你在識海裡見到的那樣。」

裴渡低著腦袋，安靜點頭。

「對不起對不起，我沒想過會轉移到你身上，剛才很難受對不對？我——」她有些急，哽了一下：「我們還是儘快找到蠱師，將蠱毒解了吧。」

少年卻是微怔，搖頭。

「……謝小姐。」裴渡嗓音發啞，尾調沒什麼力氣，輕輕往下壓：「無礙，妳不必擔心。」

當知曉一切的時候，陡然浮現在他腦海中的，竟是「太好了」。

那種烈火焚身的感受實在難捱，裴渡無法想像，若是謝小姐不得不承受那般苦楚，雙目發紅讓他摸一摸……

他定會覺得心疼。

這種事情，萬幸是由他來承受。

渙散的意識逐漸聚攏，裴渡輕輕吸入一口氣，眉間微擰：「謝小姐，那團魔氣可曾對妳做了什麼？」

謝鏡辭亦是回神。

對了，裴渡之所以能和她的系統交換，是因為在他識海裡，同樣寄居了一團外來的魔氣。

那是道聽不出男女的聲音，被換進她腦袋裡的時候，正在倡狂大笑，說要將裴渡折磨得生不如死。

這讓她想起在裴府的那個深夜，裴渡獨自在房間裡，她打開房門，見到他面色蒼白、脊背弓起的模樣。

他說是舊傷未癒，後來藺缺前來療傷，卻並未發現嚴重的傷，想來那是為了讓他們安心的謊言。

魔氣入體，在體內肆虐不休，造成的痛苦無異於撕心裂肺，將血脈段段剝離。一直以來，他都在默默忍受著這樣的折磨。

「它好像，」謝鏡辭心裡發澀，循聲應答，「藏進我識海深處了。」

很奇怪。

那團魔氣來的時候囂張跋扈，不可一世的模樣，可一旦察覺進入了謝鏡辭體內，便倏然沒了聲響，一聲不吭。

直到現在，它都沒同她說過一句話。

無論系統還是那團魔氣，都在他們識海裡下了禁咒，無法向他人談起相關的訊息。如今被蠱毒一換，禁咒也沒了作用。

真是無巧不成書，福兮禍所依。那蠱師定然不會料到，自己一個小小的無心之舉，對他們兩人造成多麼大的影響。

謝鏡辭渾身氣力卸去大半，只覺心中感慨萬千，又胡亂摸了把裴渡的頭髮：「它是不是欺負你了？你可否知道它的來由？」

「不知。」撫摸來得突然，讓他不由想到自己不久前的模樣，一時耳根生熱：「原本在謝小姐腦海中的聲音……似乎猜出了魔氣的來頭，但它避而不談，很快消失了。」

莫非系統見過那道魔氣？

謝鏡辭心裡更亂。

他們兩人原本各自掌握著不同的線索，如今陰差陽錯，分崩離析的拼圖逐漸貼合，卻仍然拼不出真相，反而讓一切愈發撲朔迷離。

不過當務之急，還是儘快找到藏在幕後的蠱師，把蝶雙飛解開。

至於那團魔氣——

謝鏡辭一個頭兩個大，倘若它回了裴渡身體裡，豈不是又要作威作福。

她嘗試敲了敲識海：「喂。」

沒有回答，不知道藏進識海哪個角落。

「孟小汀說，廟裡有個祕密通道。」

謝鏡辭環顧四周，只覺廟宇之中冷寂非常。

水風上仙的雕塑面目模糊，是男是女都分辨不清，只能隱約看出道骨仙風、衣衫飄飛的模樣，孤零零立在正殿中央，顯得有些可憐。

若是那位仙人見到此番景象，心中定會難受。

她一面說，一面上前探尋。

據孟小汀所言，他們發現密道後進去查探了一圈，發覺密道通往山中，而蠱師早已不見蹤影。

凌水村村民們的屍體，大多數被發現在遠處的潮海山上。

蠱師以潮海山作為據點，倘若毫無遮掩，光天化日之下把屍體運往山中，很容易會被察覺。而恰好這處廟宇荒無人煙，只要挖出地道，就能神不知鬼不覺地進入潮海山。

這回之所以被他們碰巧遇見，應該是那人做完了新的蠱人，想將它從密道裡帶回後山，沒成想撞上莫霄陽的除塵訣。

可憐的水風上仙，不但人沒了，老家還無端變成這副模樣。

密道十分隱蔽，因為被孟小汀等人打開，如今大大敞開，想要找到並不難。

謝鏡辭向下看去，只見到一片混沌漆黑，抬頭看裴渡一眼：「我們進去看看嗎？」

他點頭：「我先。」

進入密道，首先聞到一股塵封許久的灰塵氣息。

裴渡引出一道靈火，照亮前方道路。只見兩側泥土腥濕，沾染血漬，細細看去，亦有被指甲用力抓撓的痕跡，想來是被抓獲的村民尚未死去，竭力反抗，卻還是難逃一死。

謝鏡辭覺得噁心。

邪修與魔修不同，重點在一個「邪」字。既是邪，就多的是以人血為引、人身為器具，視人命如草芥，做了不知多少殘害無辜百姓的事。

這位蠱師想必是看凌水村無人看護，便胡作非為。

兩人順著小道一路前行，能隱隱感到空氣裡飄浮著的邪氣，等臨近盡頭，謝鏡辭才終於長長吸了口氣。

「我聽說，在這座山裡發現了三具屍體。」

離開密道，就是一片竹樹環合的密林，灌木將出口遮掩得難以發覺，裴渡為她拂開樹枝，讓出一條小路。

謝鏡辭緩步前往山中更深的方向，繼續道：「那些人的死狀各不相同，有的被抽乾鮮血，有的渾身都是刀傷，還有一個身體裡全是蟲子，連死都不得安生。那蠱師——」

她說到這裡，話音頓住。

孟小汀等人擔心他們的安危，穿過密道來到山腳，眼看蠱師已經不見蹤跡，便轉頭離開，回身去找謝鏡辭與裴渡。

他們沒繼續往林中前行，因而也就不會見到，此時此刻呈現在謝鏡辭眼前的景象。

裴渡周身劍意陡生，上前一步，用身體擋住謝鏡辭的視線。

但她還是看到了。

在道路旁側，一棵顯眼的高大古樹上……赫然懸掛著三個已經沒了氣息的人。

那三人皆為布衣打扮的中年男子，無疑是凌水村村民，此刻在樹枝上一字排開，被風一吹，影子隨之晃動，十足駭人。

他們都已死去多時，身上像被無數毒蟲咬過，處處是乾涸的血痂與疤痕，幾滴血順著指尖淌下，落在綠意茵茵的青草地，暈開一片血色。

「這是……」謝鏡辭嗅到若有似無的血腥味，脊背發涼：「這是煉蠱的正常手段嗎？」

「蠱師手法雖然詭異，但不該如此殘暴。」裴渡斂了眉目，聲音從她面前傳來：「這種手段，比起煉蠱……更像報復尋仇。」

對於尋常蠱師來說，每個活體都是值得利用的實驗品，不會如此糟蹋。而此人做法狠辣至極，完全是折磨。

想來也是。

打從一開始，那人就完全沒有掩藏罪行的意思。大大咧咧把遺體丟在山裡，甚至沒隱去他們身上蠱毒的痕跡，彷彿是要告訴淩水村所有人，山裡有個作惡的蠱師。

如今更是把這三人懸在樹上，只要有人上山，一眼就能看到。

「莫非幕後之人，與淩水村結了怨？」謝鏡辭從裴渡身後探出頭，打量那三人一番：「他這是在明目張膽告訴所有人……他要報仇？」

看來凶手是個急脾氣。

之前一個一個地殺，村民們只覺得是蠱師作亂，未曾與他聯想在一起，那人心急，乾脆整出這一齣戲碼，無比高調地挑釁。

至於這些慘死之人，必然與他有著某種聯繫。

「能把人傷成這樣，得有多大的仇啊。」謝鏡辭皺眉，朝裴渡靠近一些：「我們還是先通知村裡的人吧？」

凌水村裡的人來得很快。

村長是個頭髮花白的老嫗，看上去應有五六十歲，面目溫和，瞥見林中景象，不由臉色大變：「他們……」

她只說出兩個字，意識到身邊還有外來的陌生人，目光一動：「多謝二位……我們定會徹查此事。」

「村長，」一個中年男子面色慘白，下意識低語，「該不會是——」

他話音未落，便被老嫗一個眼神止了言語。

看來他們並不想讓外人瞭解更多。

謝鏡辭心如明鏡，又聽村長道：「屍體我們會處理，驚擾二位，實在抱歉。不如公子小姐先行回客棧歇息，我日後自會登門致謝。」

「道謝不必。」她溫聲笑笑：「只不過凌水村修士甚少，倘若要對付蠱師，恐怕夠嗆——恰好我們也想找到那人，不如共用情報，儘快把他找出來。按照這人的勢頭，總不能任由他為非作歹吧？」

頭髮花白的老嫗靜默一瞬，嘆了口氣：「此事……待我與村中眾人商議一番，多謝道長相助。」

情況如此緊急，竟還要「商議一番」。

謝鏡辭愈發好奇。

那幕後黑手的手段殘忍至此，究竟是怎樣的恨，才能孕育出這般凶殘的惡？凌水村人不願提起的，又是怎樣的過往？

她還想再說什麼，忽然感覺手指被人輕輕一勾。

裴渡正半闔著眼睫看著她，薄唇微啟，想說話卻欲言又止，很快抿緊唇瓣。

這擺明了是個有些羞赧的神色，細細看去，能見到裴渡耳根氾濫的紅。

之前系統聽見魔氣一事，破天荒暫停了人設劇情，過了這麼長時間，顯然是捲土重來，繼續之前戛然而止的劇情。

但這裡的人太多了。

謝鏡辭心臟一跳。

村長、聞訊而來的村民、在一旁看熱鬧的孟小汀和莫霄陽……

兔子精的臺詞非常曖昧，加上發情期帶來的副作用，裴渡臉皮那樣薄，一旦在這裡發作，恐怕比讓他死了更難受。

「既然如此，那我靜候村長答覆。」謝鏡辭嘴上語氣不變，心裡慌得厲害，下意識加快語速：「我們先回客棧歇息，再會。」

村長目光混濁，看遠處密不透風的枝葉一眼，緩緩點頭。

她一邊說，一邊不由分說拉著裴渡的衣袖離開。孟小汀早在淩水村訂好客棧，見裴渡面色不對，想起謝鏡辭曾說他受了傷，快步領著二人入了棧中。

「要不要我去找個大夫？」莫霄陽也瞧出不對勁：「裴渡會不會是被蠱毒所傷？」

裴渡只是搖頭。

倘若他在此刻發出聲音，恐怕只會是極端曖昧的喘息。

他們一路行得很快，引來不少人村民的側目注視。

淩水村鮮有修士出現，如他們一般容貌出色、氣質非凡的更是少數，不少姑娘見到裴渡，都忍不住多瞧上兩眼。

少年劍修手緊緊抱著把長劍，烏髮被髮帶一絲不苟地束起，微低了頭，能見到高挺的鼻梁，與稜角分明、流暢漂亮的下頷線條，端的是出塵絕世、玉樹芝蘭。

只有謝鏡辭知道，他衣袖下的手在抖，之所以抱著湛淵，完全是為了尋得一絲安全感。

淩水村的客棧不大，她特地尋了個位於角落的房間。

房門一關上，伴隨著木門緊閉的吱呀響，裴渡終於無法再維持偽裝，貼身靠在門上。

『我又回來囉。』腦海裡的聲音慢悠悠，顯然做好了看戲的打算：『莫慌，我們已在討論關於那團魔氣的解決之法。小公子，熟悉好你的設定了嗎？』

他只覺得渾身發熱，每滴血液都在叫囂著渴望，沒力氣回應它。

至於浮現在腦海裡的那些句子，僅僅瞥上一眼，都會讓裴渡心亂如麻。

他怎能……對謝小姐說出那種話。

這是和醉酒時截然不同的體驗。

他理智清醒，身體卻不受控制，只能眼睜睜看著自己一步步墜入深淵，所有感覺無比清晰。

羞恥感前所未有的強烈。

「你別怕，我還在這兒。」他聽見謝小姐的聲音，頭頂籠上一層熱氣。她溫柔地撫摸，語氣很輕：「這樣會好點嗎？」

裴渡微不可查地點了點頭。

謝鏡辭看著他渾身卸去力氣，倚著木門緩緩坐下，房間狹小，充斥著逐漸沉重的呼吸聲。

好像並沒有好一點。

……所以她接下來應該怎樣！

「還要再往下嗎？」她問得小心，手掌往下，來到對方柔軟的面龐，大拇指輕輕一按：「這樣呢？」

裴渡很明顯顫慄了一下。

這種顫抖只有短短一瞬，下一刻，少年微微仰頭，目如春水，無言凝視她半晌。

她的手腕再次被握住，跟隨裴渡的力道慢慢往下滑，來到緋色唇邊。

他一點點吻上她的指尖與掌心，細細密密，倏而抿唇含住，說話時喉結上下滾動，含糊不清：「……謝小姐。」

這聲「謝小姐」叫得她脊背發麻。

含住指尖念出名字，這是系統給的劇本，謝鏡辭有些印象。

在快穿小世界裡，系統曾讓她通讀人設的所有臺詞與舉動，其中之一，就是這個動作。

這是後期才會出現的任務，兔子精眼看無法討得男主歡心，便趁著發情期肆意引誘，撩他步步淪陷。

最終結果，當然是被男主毫不留情地拒絕。

謝鏡辭在看臺本時頭皮發麻，無法忍受自己講出那樣的臺詞，於是咬緊牙關拼命給天道打工，千方百計撮合男女主角，終於在發情期到來之前，逃離了那個小世界。

命運的重錘，終究還是落在了她頭上。

彼時的謝鏡辭無論如何也不會想到，是禍逃不過，她躲得了一時躲不過一世，兜兜轉轉這麼久，到頭來還是要受到這句臺詞的摧殘。

雖然是從說的人變成了聽的那個。

——但這種感覺果然還是很羞恥啊！她又不是柳下惠，面對這樣的裴渡根本把持不住啊！而且裴渡當了那麼多年的乖小孩，如今肯定羞憤致死……全是她的錯！

許是見到她臉上的紅，少年薄唇輕勾，迷濛的視線裡，隱隱顯出一道清亮微光。

裴渡的嗓音低如耳語，像在她心上牽了根絲線，一點點繃緊：「再往下……可以嗎？」

謝鏡辭腦袋轟地一聲炸開。

話說回來。

臺詞裡……有這句話嗎？

時間過去太久，謝鏡辭已經記不清這個人設的臺詞。

但當裴渡低聲開口時，她大腦卡殼，冒出的第一個念頭竟然是：這真是系統要求說的話嗎？她對此毫無印象。

這個想法很快被否決。

裴渡向來矜持內斂，以他的性格，就算有把刀架在脖子上，應該也不會主動說出這種話。

——畢竟當初在鬼塚，哪怕被邪魔傷得體無完膚、在修為盡失的情況下遇上仇家，都沒見他示弱求饒過。

若說他會主動講出「再往下一點」之類的話……應該不大可能吧？

她心裡有些亂，不忍心見到他如此難受的模樣，手掌貼著裴渡的下巴緩緩移動，劃過下頷，便是少年修長白淨的脖頸。

還有那顆弧度明顯的喉結。

那是旁人絕無機會觸碰的地方，當指尖悄然擦過，裴渡下意識渾身一顫。

謝鏡辭本是神經緊繃，被突如其來的顫慄嚇了一跳，手指用力，重重劃過喉結。

兔子被撫摸時，若是覺得舒服，會不自覺發出輕微磨牙聲。

裴渡不是真正的兔子，自然不會如牠們那般磨動牙齒，但在一片混亂的思緒裡，還是兀地咬牙，從喉嚨裡發出微不可查、綿軟的氣音。

老天。

謝鏡辭的動作瞬間僵住，只覺臉上有火焰止不住地燒。

裴渡察覺到她的僵硬，腦海愈熱，竭力別開視線，不敢去看謝鏡辭的眼睛。

他默默期盼了十年，只願能成長到足夠強大穩重、能將她護在身後的程度，如今卻被謝小姐聽見這種聲音……

他已經和死掉沒什麼差別了。

更何況他還擅作主張，仗著有所謂「系統」的要求，自發加了臺詞，對謝小姐講出那樣不知廉恥的話。

他羞愧難當，然而見她當真向下繼續撫摸，竟生出了莫名的欣喜，暗暗祈求能得到更多，甚至慶幸遇上了那蠱師的蝶雙飛，才能像這樣毫無遮掩地對她說出真心話。

他實在沒救，心思有夠低劣。

謝鏡辭的手來到喉結之下，不知應當前往何處，一時間猶豫著頓住。

不怪她緊張得大腦空白，全因裴渡此時的模樣……實在令人臉紅心跳。

少年劍修身形頎長，此時因脫了氣力，軟綿綿靠坐在門邊。他眼睫極長，捲翹著籠下一片陰影，為瞳孔平添幾分曖昧的暗色。鳳眼狹長，上挑著往外拉伸，此時眼眶暈著薄薄粉色，一直蔓延到眼尾，說不出的穠麗勾人。

長髮已經有些散了，縷縷碎髮垂在耳邊，映著蒼白無血色的臉，至於唇瓣則是罌粟般的紅，因親吻過她的指尖，顯出濕潤薔薇色。

其實他難受得緊，大可直接撲上前來，一切遵循本能，但裴渡只是一味地忍。

他們尚未成婚，他哪怕再難受，也斷然不會做出冒犯的舉動。

那道氣音彷彿仍迴旋在耳邊，謝鏡辭努力不去在意，聽見裴渡的聲音：「謝小姐……妳抱抱我。」

這同樣是系統臺詞，她有些印象。

如果是摸兔子的話，似乎的確應該將牠抱起來吧？

裴渡坐在地上，頭已經低得快要看不見臉，連鼻尖都沁了紅。

「沒關係。」謝鏡辭知道他定是在害羞，伸手環住裴渡的身體，口中輕聲安慰：「這都是系統指令，我知道的。」

他想起自作主張說出的那句話，心中有鬼，聞言脊背一縮。

「話說回來，系統不是去處理黑氣的事情了嗎？」謝小姐的聲音響在耳邊，不緊不慢：「它怎麼說？黑氣如果被除掉，我們該怎麼換回來？」

在混亂的意識裡，裴渡沉聲答：「它稱此事洩露天機，在尚未得到允許之前，不能透露線索——至於解決之法，它們仍在商討中。」

謝鏡辭「哦」了一聲。

當初她問系統為何幫她，得到的回答，也是「洩露天機，無法如實相告」。

莫非黑氣和天道有著某種關聯？可它為什麼獨獨找上裴渡？一路上她和裴渡交換過訊息，據他所言，黑氣說他是「小偷」……他究竟偷走了什麼？

她想不出來。

如今的當務之急，是先挺過人物設定的烏龍。

謝鏡辭慢慢撫上了他的背。

女子的手掌溫溫熱熱，只有小小一團。她力道不輕不重，一遍遍劃過裴渡顫抖不已的脊骨，每一次的移動，都引出爆裂散開的電流。

這是種極好的舒解方式，然而撫摸只能流於表面，無法撫平身體裡躁動的熱流。

謝小姐越是觸碰，越無異於飲鴆止渴，他嘗到了一點甜頭，就迫不及待想要得到更多，貪婪的渴望無窮無盡，幾乎要撕裂神經。

裴渡把臉深深埋在她頸窩，用力吸了口氣。

她的氣息能讓他感到安心。

他已經分不清哪些是浮現在識海裡的任務臺詞，哪些是自己的真心話，胡亂地叫她：

「……謝小姐。」

那聲音響在頸窩，又低又軟，伴隨著滲入骨髓的熱氣，讓謝鏡辭渾身發軟。

這根本沒人能把持得住，僅僅聽上一句，就能讓她的整顆心臟都為之顫抖。

她看慣了裴渡臉紅害羞的模樣，未曾經歷過這般被動的撩撥，作為一個在此之前母胎單身的感情白癡，只想把自己蜷縮成一團，以防心跳太快，轟地衝破胸腔。

可裴渡這樣痛苦，她見了也同樣難受，只想讓他快些好起來，唯一的辦法，只有硬著頭皮上。

單純的撫摸似乎並不能讓他得到滿足，謝鏡辭穩下心神，語氣溫和：「裴渡，別急。」

少年沒說話，下意識點頭。

然後在下一瞬，陡然抓緊她的肩膀。

——源源不斷的靈力悠然湧動，自謝小姐掌心傳入他身體之中。

前所未有的滿足感充斥著每一寸感官，帶著無比舒適的清涼氣息，漸漸熄滅叫囂不已的熾熱火焰，讓他情不自禁發出低低的、令人羞恥的聲音。

裴渡短促地吸了口氣，旋即咬緊下唇。

因為離得近，呼吸聲也就格外明顯，謝鏡辭能感到他的呼吸一點點加重，帶著止不住的輕顫。

他快要無法動彈，原本握劍的、骨節分明的手緊緊抓在謝鏡辭衣衫，因為不敢太過用力，手背上血管若隱若現，泛著淡淡的青。

這是不對的。

可裴渡想，他似乎愛上了這種感覺——能肆意索取謝小姐寵愛、毫無顧慮的感覺。

「謝小姐。」他循著腦海中的字句出聲，在極度羞恥下，嗓音低不可聞：「我摸起來舒服嗎？」

他在說什麼啊。

這也太、太——

不知羞恥，惡意引誘，毫無劍修風骨，可恥至極。

裴渡長睫驟顫，把頭埋得更低。

謝鏡辭好不容易穩住心神，甫一聽見這句話，腦袋一晃。

這也是系統給的臺詞，她當初就是看到這句話，被驚得頭皮發麻。

雖然早就有了心理準備，但聽它從裴渡嘴裡親口說出來……

她是當真被撩得暈頭轉向，迷迷糊糊回了聲「嗯」。

她總算明白了。

每句臺詞都有它存在的意義，無論是看起來多麼矯揉造作的言語，只要撞上動了情的人，自有勾人心魄的魔力。

撩人的不是那些話，而是說話的人。

「謝小姐。」裴渡嗓音悶悶，許是覺得冒犯了她，低低道了句：「對不起。」

他身上的顫抖似乎減弱了一些。

惡毒女配引誘男主，從來只會在中途就被毫不留情地拒絕，沒有進一步發展的時候，因此每回臺詞不會太多，通常點到即止。

謝鏡辭試探性發問：「結束了？」

有那麼一瞬間，房間裡的空氣悄然一凝。

「……尚未。」

裴渡的嗓音像被火燎過，黯黯發啞。

「還是好熱……」他伸手抱住謝鏡辭，汲取她身上的氣息：「謝小姐，妳再抱抱我。」

謝鏡辭：？

這是系統劇本裡該出現的劇情嗎？通常進行到這個時候，惡毒女配不是早就被男主一把丟開了？

有個奇妙的念頭悄然浮上心頭，她任由裴渡抱住自己，用腦袋輕蹭頸窩。

不會吧。

裴渡他……真會做出那樣的事嗎？

「謝小姐。」懷裡的少年一遍遍喚她，嗓音裡滿是寵溺至極的笑，有如蠱惑：「喜歡的話，以後也經常這樣做，好不好？」

他說著一頓，嗓音微沉：「……我會努力讓妳更喜歡。」

謝鏡辭心中的壁壘嘩啦啦往下塌，因為這一句話碎成了渣。

救命啊。

聽裴渡說出這樣的話，她真的快要支撐不住了。

最重要的是——系統臺詞裡絕對絕對沒有這一段吧！

他只知道謝鏡辭必須跟著人設行動，卻未曾想到，在當初的各個小世界裡，她已把這些人物設定經歷了個遍，對於大部分臺詞，有著隱約的印象。

從他道歉的那一刻起，人設就該結束了。

在那之後，都是裴渡出於自我意識，對她說出的話。

甚至，之前那句「再往下一些」，很可能也是他自己加的臺詞。

這個認知讓她耳根一熱，心裡的緊張卻消散許多。

原來裴渡想讓她多抱抱他。

他生性內向，又是個正經的劍修，最不擅長、也不好意思撒嬌，於是借著系統任務的名義，對她講出真心話。

那樣遙不可及的高嶺之花，原來也會渴望她的擁抱，羞怯又彆扭，實在是……太過可愛。

那天醉酒亦是如此，裴渡一個時常臉紅的人，竟會將她壓在桃樹下親吻。

謝鏡辭想著想著，唇邊輕勾之餘，又難免覺得心酸。

他從小到大沒得過疼愛，始終生活在長輩的打罵之下，加上寄人籬下、地位低微，不得已養成了內斂的性子，之所以小心翼翼不敢碰她，是擔心太過親近黏人，惹她心煩。

分明他才是最缺愛的那一個，卻無時無刻想著，要把所剩無幾的愛意全部分給她。

她若不對他好些，裴渡就真是孤零零一個人了。

「好啊。」謝鏡辭順著他的意思，毫不猶豫地答：「以後每天都抱抱你——那樣做的話，肯定能讓一整天都開心。」

裴渡抿唇，揚起嘴角。

謝小姐一定不會知道，他腦海裡的字句早就消匿無蹤。

被她擁抱的時候，他彷彿抱著整個世界。

那種感覺太過誘人，他不想放開，於是撒了謊，說出不知羞恥的話。

萬幸謝小姐對這番心思一無所知。

裴渡忍不住悄悄發笑，又因欺騙了謝小姐，總覺得過意不去，心裡的小人縮成一團，認認真真向她道歉。

他安靜感受著對方的溫度，猝不及防，聽謝鏡辭低聲道：「裴渡，你還難受嗎？」

裴渡沒做多想，反射性點頭：「嗯。」

「這樣可不好，難受太久，對身體無益。」她語氣溫和，攜著淺淺的笑：「我聽說過一個法子，能讓你好受一些，想試試嗎？」

他不明所以，不知怎地，總覺得謝小姐的語氣有些古怪：「什麼法子？」

「根據人物設定，你如今是兔子，對不對？」

她的手原本放在裴渡後背，此時卻忽地上揚，惹得他的笑容瞬間凝固。

謝小姐的手指，捏住他的耳垂。

「聽說兔子這個地方很敏銳。」謝鏡辭指尖稍稍用力，緩緩摩挲：「我替你揉一揉，說不定有用。」

她雖然說了「揉」，開口的時候，面龐卻離裴渡的耳朵越來越近。

直至最後，謝鏡辭的吐息已經貼在他耳垂上。

這是種陌生的感覺，熱騰騰的，像火，也像電。

裴渡剎那出聲：「……謝小姐！」

「別怕。」她的拇指又是一蹭：「我是為了幫你——因為是兔子啊。」

兔子。

他作繭自縛，沒辦法反駁。

於是謝鏡辭輕輕吻上裴渡耳垂。

她記得那夜醉酒，他就是親了這個地方，給出的理由，是看了孟小汀提供的話本。

謝鏡辭眼底露出一絲笑。

對了……還有那些話本。總有一天，她要讓裴渡一字一句念給她聽，看看他究竟學了什麼。

她只在話本和電影裡見過這個動作，頭一次親自這樣做，動作難免笨拙。細細密密的吻時輕時重，偶爾輕輕一抿，銜住小小的耳垂。

其實兔子的耳朵並不能隨意觸摸，人也是一樣。

耳朵遍布神經和血管，極為敏銳，也因為這樣，會放大接觸到的所有感受。

每一次耳垂上的觸碰，都像用羽毛戳弄著他的經脈。

裴渡努力不發出聲音，輕輕靠在謝鏡辭肩頭，在狹小的空間裡，感覺熾灼遍布全身。

他默然不語，耳朵卻紅得幾欲滴血，緋色蔓延，途經側臉、脖頸、乃至衣衫下若隱若現的頸骨——

旋即猛地一炸。

謝小姐……在他耳畔輕輕吹了口氣。

在那須臾，整個識海只剩下爆開的酥和癢。

「這樣好點了嗎？」

謝鏡辭見好就收，眼看面前的人快要受不了，輕輕鬆開他，看向少年精緻的面龐。

裴渡一動也不動，因為她方才的舉動，儼然呆住了。

之前行走在凌水村時，他眼中還存著些凜然的劍意，看上去仙姿玉骨、高不可攀，如今早就化成一汪水色，泛出盈盈漣漪，瞧不出絲毫道骨仙風。

因為眼尾的那一抹淺粉，更是平添了妖異豔色，十足誘人。

謝鏡辭第無數次在心中感慨，真的好可愛。

原來人的臉和耳朵還能變得這麼紅，像是澈底熟透。

她決定把「對不起裴渡 bot」改名為「裴渡今天也很可愛 bot」。

「裴渡。」謝鏡辭努力忍住笑意，模仿他當時正經又無辜的語氣：「喜歡的話，我們以後也經常這樣做，好不好？」

讓他撒謊騙她，這叫將計就計。

裴渡果然支支吾吾，像是還沒緩過神來，半晌才應了聲「唔」。

他從未被這樣親暱對待過，欣喜與羞赧把胸腔填滿，出於本能，把懷中姑娘抱得更緊。

「倘若有什麼想要的，儘管告訴我就好，無論是親吻還是擁抱。」謝鏡辭定定注視他的模樣，忽地揚唇一笑：「不告訴也行。若是突如其來，反倒成了討人喜歡的驚喜——」

她說著突然靠近，在裴渡殷紅的薄唇上輕輕一啄，笑意更深：「比如這樣。」

裴渡被撩得發懵，呆呆定了片刻。

裴渡：「……」

裴渡：「謝小姐，看妳身後。」

謝鏡辭沒想太多，循著他的視線扭頭去看，還沒定睛凝神，就感受到一股暖洋洋的風。

然後是臉上柔軟的觸感，蜻蜓點水，稍縱即逝。

當她再回過頭，裴渡已經退身離開，生澀地笑了笑，眼尾是未褪的薄紅：「……驚喜。」

被裴渡輕輕啄過的側臉，仍在泛著熱氣。

不愧是學什麼會什麼的天才劍修，舉一反三的功夫倒是厲害。

謝鏡辭摸了那地方一把，看他眼中的混濁漸漸退去，面上潮紅卻是半點也沒消——在系統給出的兔子精人設裡，裴渡感官被發情期占據，做事全憑本能。

如今驟然清醒，再想起自己說過的話、對謝小姐做出的那些舉動，只覺羞恥難言。

「應該沒事了吧。」謝鏡辭鬆了口氣：「身體還有沒有哪裡不舒服？」

裴渡垂著長睫搖頭：「無礙。」

她的心情頗微妙，知曉他心中難堪，沉默著摸摸鼻尖：「系統的指令無法違背，你放心，我畢竟和它同處了不少日子，絕不會多想。」

他們一前一後撞到這種倒楣事，無論如何，總歸算是惺惺相惜。

裴渡體會到的難堪與糾結，她都曾親身感受過，因而不會對他異樣的舉動感到難以接受。

身為過來人，她懂其中的辛酸。

謝鏡辭本在嘗試安慰他，眼前的少年卻眸光一動，啞聲開口：「謝小姐，對不起。」

這回輪到謝鏡辭愣住了：「這有什麼可道歉的？我——」

「我以往不知道，原來謝小姐時刻忍受著此物威脅。」裴渡脫了力道，倚靠在身後門板上，說到這裡，竭力吸了口氣，眼底出現一抹暗色：「這般辛苦，我卻一概不知，讓謝小姐遭罪……抱歉。」

聽聞謝小姐出事後，他曾自責很長一段時間。

因為時刻關注著她的動向，裴渡知道謝鏡辭對琅琊祕境起了興趣，在東海蹲點數日。琅琊祕境現世多年，當中並沒有修為高強的妖邪，以謝小姐的實力，定不會遇上絲毫危險。

他作為一個沒見過幾次面的陌生人，沒理由去那裡找她。

結果卻發生了那樣的事情。

聽聞她身受重傷，裴渡幾乎發瘋，連夜趕往東海，入了琅琊。

在這一年裡，他無數次前往琅琊祕境，始終一無所獲，直到那日身處鬼塚，看見謝小姐一步向他走來，恍惚得如同做夢。

他原以為塵埃落定，卻怎麼也沒想到，原來她是生活在另一種常人無法想像的桎梏之下。

到頭來，裴渡什麼都沒幫到她。

「你又不是無所不能的神仙，這種事千怪萬怪，也怪不到你的頭上。」謝鏡辭摸摸他腦袋：「總之……我們還是儘快找到蠱師，把它們換回來吧。系統沒有惡意，你不用擔心，至於那魔氣——」

它身分不明，謝鏡辭拿它毫無辦法，更何況那玩意已經藏進識海，連溝通交流都成問題，不願同她說話。

「至於那魔氣，系統乃是天道化身，既然它說會解決，想必不用我們多加擔心，靜觀其變就是。」她說罷稍作停頓，看裴渡被冷汗浸濕的額前碎髮一眼，拿了塊手帕為他擦乾：「當務之急，是儘快找到蠱師。你若是沒事，我們就出去吧？在房裡待得太久，孟小汀和莫霄陽該著急了。」

凌水村的客棧位於村莊東北角，因為整個村落地處偏遠、鮮少有外人前來，恰巧又撞上蠱師作亂，生意蕭索。

謝鏡辭一推開房門，就在大堂中央見到孟小汀與莫霄陽。

坐在兩人身旁的，是在馬車裡有過一面之緣的顧明昭。

「辭辭！」孟小汀一眼便瞧見她，揚了唇笑：「裴渡的傷好些了嗎？快來快來，顧公子在跟我們講凌水村裡的奇聞故事！」

「好多了。」謝鏡辭頷首，露出好奇之色：「什麼奇聞？」

顧明昭笑笑：「幾位來得湊巧，剛好趕上凌水村一年一度的往生祭典。」

他的五官平平無奇，丟進人堆會被直接淹沒，唯有笑起來的時候與眾不同，一雙眼睛亮盈盈彎起，如同點燃黑暗的火星。

謝鏡辭順勢接話：「往生祭典？」

「東海裡多的是寶藏，寶貝一多，尋寶之人的屍體自然也年年都有。」他雙手併攏，放在木桌上，咧嘴一笑：「我們為超渡海上亡魂，順便祈求神明庇佑，每年都會辦一場往生祭典。」

「神明？」裴渡思忖道：「我聽說東海不信神明。」

「但總要走個形式嘛，不然海上那樣危險，倘若沒有點心理安慰，出海很難受的。」

莫霄陽抬眸，有些納悶：「但我們來凌水村的時候，不是見過一座廟宇嗎？那裡面的神是叫……水風上仙？」

「水風上仙的廟，不知道在那裡杵了多久。」顧明昭聳肩，對那廟宇並不在意：「一個沒落了幾十年的神仙而已，你去問問如今的村民，沒人記得他——我在這裡生活二十年，從沒聽到有人提過。」

謝鏡辭安安靜靜地聽，心中生出一些困惑。

看那座廟宇的模樣，規模不小、裝潢一絲不苟，應該曾被村民們用心祭拜過。究竟發生了什麼事，才讓所有人對水風上仙避而不談？

孟小汀對神廟不感興趣，拿手托著腮幫子，饒有興致地問：「那蠱師呢？你在這兒住了這麼久，知道村長諱莫如深的那件事嗎？」

「那也是很多年前的事情了，發生的時候，我還沒出生。」顧明昭撓頭：「其實那件事我也不太清楚，只隱隱聽過一點風聲——我聽說，潮海山裡曾經發生過不可告人的大事。」

一瞬的沉默。

孟小汀：「……」

孟小汀：「就這？就這就這？」

「我也不知道更多了啊。」顧明昭攤手：「你們不知道，整個村子的老人都故意瞞著那件事，我曾有意詢問，被毫不猶豫地趕走了。」

村長見到樹林裡的三具屍體，哪怕在極度恐慌之下，也沒對謝鏡辭透露分毫。

看來那件事，當真被埋得夠深。

當下線索太少，謝鏡辭想不出前因後果，本想再詢問一些關於往生祭典的事，忽然聽見身後的老闆娘一聲笑：「呀，村長，您怎麼來啦？」

她倏地回頭。

凌水村村長生了張平易近人的臉，許是過多奔波操勞，眼底是墨漬一般濃郁的青黑。

她並無身為長者的威嚴，與謝鏡辭四目相對，極有禮貌地揚唇笑了笑。

「我姓宋，諸位喚我宋姨便是。」村長坐在角落的木凳上，眼尾輕勾，蕩開道道皺紋：「我與其他人商議一番，決定將當年之事告知各位……還望諸位道長出手相助，救救這個村子。」

謝鏡辭抬眼一瞧，大堂空曠開闊，偶爾有幾個行人路過，想起當年一事的隱祕，不由出聲：「在這裡說？」

顧明昭很自覺：「村長，我是不是應該走開？」

村長卻搖頭。

「不必。紙包不住火，如今出了這種事，那段過往終究會被挖出來，瞞不住的。」她似是頗為感慨地一笑，嗓音漸低：「當初在潮海山見到第一具屍體，我們就該意識到……這是復仇。」

謝鏡辭眼皮一跳，聽她繼續道：「當年的事瞞了許久，連明昭都不知曉，在潮海山裡埋了個人——準確來說，是個邪修。」

大堂外陽光明朗，屋內卻隱隱生出透骨的寒氣，空氣恍如凝固。

孟小汀問得小心：「邪修？」

「那是個女人，骨瘦嶙峋的，帶著兒子。」村長瞳孔已有些混濁，目光卻是溫和澄澈，談及此事，微蹙了眉：「她不愛說話，也不和村子裡的其他人來往，某天突然搬進來，在凌水村生活了五年。」

她說著嘆了口氣：「那是三十多年前的事情了，當時我年紀尚小，只是個什麼都不懂的小女孩。當初誰也不會想到，在風平浪靜的五年以後，會突然有諸多村民連環失蹤。」

連環失蹤。

謝鏡辭眉心一動，如今在凌水村中上演的，恰恰是村民們一個接著一個消失不見。

「與近日不同，我們沒能發現失蹤之人的遺體，凶手隱藏了線索和蹤跡，一時間人心惶惶，一旦入夜，便沒人敢踏出家門一步。」村長如同自言自語，目光逐漸凝起：「最初，沒有人懷疑到她頭上。」

莫霄陽一如既往地好奇寶寶：「最後是怎麼發現凶手的？」

「我記不太清了。」她搖頭：「應該是有人整日盯梢，無意中發現她的異樣。後來所有村民前往那女人家中，在她床頭的木櫃裡，發現一把帶著血的刀。」

既是邪修，就要汲取他人精血和氣運，以供自己修行。

謝鏡辭對此心知肚明，並不覺得多麼詫異，身邊的顧明昭則是恍然大悟：「為了給枉死之人報仇，村民們殺了她埋在潮海山。那女人的兒子與此事無關，得到了一條生路，卻因目睹事情的來龍去脈，心生怨恨，前來復仇？」

村長默了片刻。

這是個邏輯清晰且完整的猜想，與當下發生的一切極為吻合，她卻皺起眉，沉沉搖頭。

「有問題的並非那女人。」她說著一頓，加重語氣：「而是她兒子。」

莫霄陽愣住。

「她雖是邪修，實力卻並不強，甚至因為平時連飯都吃不上，瘦削得厲害——直到那晚我才知道，她之所以那樣瘦弱，還有另一層原因。」村長凝神道：「不知諸位道長可曾聽聞過，天生邪骨？」

在修真界裡，會有極少數人先天擁有罕見體質。

例如裴渡的天生劍骨、當代妖族領袖的重瞳，至於邪骨，顧名思義，是殘忍與暴戾的象徵。

這種體質極其稀少，謝鏡辭只聽說過大概。

裴渡緩聲應道：「聽聞身懷邪骨之人天性嗜殺，喜食鮮血，能透過旁人精血增進修為。」

「正是。」村長扶額，目光漸深：「我們輕而易舉制服了那個女人，試圖綁好她時，我娘卻察覺了很不對勁的地方——她脖子和手腕上盡是牙印、撕裂的傷口和被小刀劃開的血痕，像是無數次放出鮮血，給他人吸食一般。」

孟小汀打了個寒顫，聽對方繼續道：「在那之後……便是那孩子突然衝出，朝我們發動襲擊。我們毫無防備，他又身懷邪氣，一不留神，便讓他劫走那女人，逃去了潮海山。」

故事逐漸成形。

孤苦伶仃的女人生下了天生邪骨的兒子，發現那孩子以鮮血為食，當時的她究竟是何種心情，如今已是未可知。但為了將孩子撫養長大，她決定背井離鄉，前往一個完全陌生的、沒人認識她的小村莊，開始新的生活。

最初幾年，是她劃破皮膚，把自己的血液餵給孩子。

可後來他越來越大，對於鮮血的渴求也越來越多，不知出於什麼原因，在抵達凌水村的五年之後，孩子終於喝了其他人的血，並且一發不可收拾。

「我們一路追趕，費了好大力氣，才終於在潮海山裡找到他們母子。那孩子天生怪力，釋放出的邪氣更是駭人，村裡所有人一齊湧上，千辛萬苦才將他打倒在地。」村長嗓音更低，語氣多出幾分澀然：「那女人跪在地上，一遍又一遍給我們磕頭，說一切都是她的錯，若想報仇，衝著她去便是；小孩則頂著滿臉血告訴我們，所有遇害的村民都是他一人所殺，與他娘親無關。」

除她以外，沒有人再說話。

空氣凝固，老嫗沉默須臾，繼而開口：「可那孩子生性殘忍，一日不除，就算不禍害凌水村，也會有更多無辜之人遭到殘害。大人們經過一番商議，決定即刻處死他。」

謝鏡辭想，然而那人還活著。

「可他卻活下來了。」村長自嘲笑笑：「在我們即將動手的那一刻，女人發出聲嘶力竭的哀號，驟然烈焰沖天，熱浪湧來，所有人被掀飛數丈遠。我雖不懂得修真之法，卻也能看出，她用盡身體裡最後一絲氣力，想要助那孩子逃跑。」

直到現在，她仍然無法忘記當日地獄般的景象。

邪火四溢，點燃整片樹林，那孩子倉皇逃竄，很快便不見蹤影，而他們被熱浪震飛，邪氣橫衝直撞，地上滿是鮮血。

那女人雙目淌血，癲狂地又哭又笑，一遍遍地叫著：「求求你們，放我兒一條生路吧！」

謝鏡辭聽得入神，猜出這是種同歸於盡的自爆手段，在意識到這一點時倏而一怔，出言詢問：「她用了那一招，村子裡其他人居然還能活下來？」

「許是她氣力大損，那時我們雖然或多或少受了傷，卻並未有人死去。」村長搖頭，不知為何露出猶豫之色，聲音更低：「那女人放出火浪之後，仍然活著。」

她說罷一頓，語氣雖輕，卻擲地有聲：「於是我們殺了她，每人一刀，屍身埋在潮海山。」

當年的淩水村，有十幾個人無辜枉死，連屍首都沒見到。

也許那個女人當真沒有殺人，頂多知情不報；哪怕她是個優秀的母親，拼盡全力只想保護自己的孩子，但無法否認的一點是，這是個可恥的幫凶。

她的兒子是一條命，死去的其他人，卻也有和睦美滿的家庭，以及日日夜夜守望著他們回家的家人夥伴。

他們無法允許她活下去。

「在當年，東海位於凡人界與修真界之間，受律法所限，不能肆意殺伐，大多數人連雞鴨魚都沒殺過，更別說是殺人。」村長說著，微不可查地一笑：「為分擔罪責，在場除了我，每個人都刺了她一刀，並一同立下誓約，絕不洩露此事。」

孟小汀一愣：「為何除了宋姨？」

「我那時才十幾歲，有人念我只是個小孩，從我手裡拿走了刀。」談及此事，她的目光不自覺柔和許多，卻並未持續太久，很快便恢復了之前的正色：「後來我們搜遍整座山林，都沒能發現那孩子的蹤跡。這麼多年風平浪靜，沒想到……他還是回來了。」

「他就算回來，復仇也沒有道理！」孟小汀咬牙：「本就是他和他娘親害人在先，你們殺了那女人，也算情理之中——當年死去的那些村民仇還沒報，他哪裡來的臉面，一副受害者模樣？」

村長只是笑著搖頭，一言不發。

「在我們看來，他娘的確是個不折不扣的邪修，但對於那孩子而言，她是他唯一的倚靠了。」顧明昭若有所思，語氣淡淡：「先是放血餵他，又背井離鄉，帶他來到凌水村，從他的角度看來，那女人並沒有做錯任何事——不過講道理，我也覺得殺了她的做法並沒有錯。」

恨與愛皆有原因，每個人都有不同的故事，因而會做出不同抉擇。

莫霄陽嘆了口氣：「冤冤相報何時了啊。」

他話音方落，忽然聽見「吱呀」開門聲，一時瞪大眼睛。

謝鏡辭亦是微怔。

她原本以為住在客棧裡的，只有他們這一行人，沒想到隨著一扇木門打開，竟從屋子裡走出一個女人。

女子看上去很是年輕，五官秀美，面色卻蒼白至極，看不見一絲血色。她顯然也沒料到會撞見這麼一大群人，略作停頓，朝他們點了點頭。

顧明昭並不意外，抬手揮了揮：「韓姑娘！」

女子抿唇笑笑，並未多逗留，很快轉身離開。

謝鏡辭：「這位是——？」

「她只說自己姓韓，是一個月前住進客棧裡的。」顧明昭不愧是自來熟的交際花，笑著挑了挑下巴：「韓姑娘行蹤神祕，時常離開客棧。」

「好漂亮。」孟小汀毫不吝惜對美人的讚美：「只不過她穿好多衣服，外面那件袍子又大又悶，不會熱嗎？」

顧明昭聳肩：「她一直是這樣，也不喜歡旁人碰她——謝小姐，妳怎麼了？神色好像不大對勁。」

「她……」謝鏡辭皺眉，與裴渡對視一眼：「她身上，似乎有非常微薄的靈力。」

直至傍晚，那位神神祕祕的韓小姐也沒回到客棧。謝鏡辭沒等到她，先等來了凌水村一年一度的往生祭典。

「往生祭典可是大事。」莫霄陽少見的一本正經：「我聽說，村民們會舞龍環海，並向東海進貢，那蠱師想鬧事，今天是個絕佳的時機。」

如今祭典方起，正是舞龍環海之時。

按照習俗，村民會以鮫綃織成長龍，以村長為首，繞著海岸步步前行，一面走，一面灑下貢品。

其中要經過的地點之一，就是潮海山下。

祭典是一年一度的大事，無論如何都必須執行，絕不可能因為那行蹤不定的蠱師而耽誤。謝鏡辭走在人潮裡，放緩呼吸四下張望。

月明星稀，薄薄的烏雲宛如海潮，將大海也映成深沉的灰黑色澤。岸邊燈火明滅不定，倏然一晃，引出水中一道道泛起的漣漪。

若有似無的壓抑與緊張，在人與人之間蔓延。

他們離潮海山越來越近。

「奇怪。」莫霄陽突然出聲：「你們有沒有覺得……霧氣好像變濃了？」

謝鏡辭：「自信點，把『好像』去掉。」

放眼望去，潮海山高高聳立，好似黑暗中屹立不倒的巨人。縷縷白煙從山腳下生出，蜿蜒前行，來到他們腳邊。

謝鏡辭還聞到一股香氣。

「這是什麼味道？好——」

莫霄陽一句話還沒說完，嗓音便戛然而止，再也聽不到任何聲音。

她心知不妙，循著他的聲音望去，不由蹙起眉頭。

什麼也沒有。

在轉頭的瞬間，莫霄陽、裴渡、孟小汀、乃至所有參加祭典的村民，全都沒了身影。圍繞在身邊的，唯有越來越濃、稠如牛乳的白色霧氣，以及不遠處巍峨而立的沉默山峰。

謝鏡辭蹙眉，一步步往前。

霧氣被少女纖細的身影衝破，如水波般蕩開，她四下環顧，走了半晌，仍未找到其他人的身影。

毫無徵兆地，身側襲來一道疾風。

「辭辭？妳是辭辭嗎！」

孟小汀的聲音傳入耳中，她下意識回頭，與氣喘吁吁的姑娘四目相對。

「大家忽然消失了……太好了，妳還在！」孟小汀有些後怕，左顧右盼地跑到她身邊：「這是怎麼回事？」

「可能是蠱毒加了幻術，那人倒是玩得出神入化。」

謝鏡辭冷聲笑笑，手中白光一現，亮出嗡鳴不止的鬼哭刀。

它正急著出鞘。

「要論靈力，潮海山裡最濃，那蠱師應該藏在山中。我打算進山。」

比起將所有人屠戮殆盡，他更想逐步折磨，親眼看著村民們絕望的醜態。

想必那人正躲在山裡偷笑。

孟小汀連連點頭：「那我也去！」

隨著一點點靠近潮海山，謝鏡辭始終沒見到除了孟小汀以外的人。

四周充斥著詭異的香氣，霧氣濃得看不見前方景象，除了嗚咽風聲，只有孟小汀嘰嘰喳喳的聲音。

「真奇怪，為什麼我們兩個能碰上？這裡到底是幻境，還是真實的潮海山？其他人怎麼樣了？」

「這裡應該還是東海，只不過施了幻術，幻境與現實虛實交加，讓我們看不見、也感受不到周圍的人。」

謝鏡辭走在前面，嗓音清清凌凌，落在大霧裡：「蠱師藏在暗處，小心。」

她話音落下，忽然感到不大對勁。

潮海山人跡罕至，冬天落下的葉子鋪滿了整條道路，腳踩在上面，發出沙沙響聲。

可當她細細去聽，無論如何，都只能聽見一道腳步聲。

她一個人的腳步聲。

可孟小汀還在說話，因為站在她身後，看不見模樣與表情：「我知道啦。」

鬼哭刀嗡地一震，心臟咚咚跳了一下，沉沉撞在胸腔。

孟小汀走路時大大咧咧，她腳步聲，謝鏡辭再熟悉不過。何況對於常人而言，行走時怎可能不發出絲毫響動。

那如今跟在她身後的是誰。

或是說……什麼東西？

第五章　黑化抖S大少爺

鋪天蓋地的大霧裡，謝鏡辭聽見自己的心跳聲。

她並非頭一回遭遇險境，因而很快便穩了心神，佯裝出無事發生的模樣，凝聚神識緩緩探出，落在身後的「孟小汀」身上。

沒有呼吸聲，沒有腳步聲，也沒有體溫。

謝鏡辭在心裡「嘖」了一聲。

她已經足夠冷靜，儘量不去打草驚蛇，然而在剛察覺出不對勁的剎那，難免出現一瞬間怔忪。背後那人顯然察覺到這短暫的僵硬，突然發出一聲低笑。

這不是孟小汀的笑聲，甚至無法被稱作是人的聲音。

像是石塊卡在喉嚨裡，嗓子被磨損大半，古怪得聽不出男女老幼，在濃郁大霧中響起，頗有駭人詭譎之勢。

「被你發現了？」那人笑了笑，語氣漸趨猙獰：「不如我們來玩個遊——噫啊！」

它話沒說完就戛然而止，旋即響徹整片大霧的，是一聲撕心裂肺的慘叫。

——謝鏡辭人狠話不多，在它出聲的瞬間迅速轉身，抄起鬼哭刀直接呼在對方臉上，刀光暴漲，把「孟小汀」砸出去老遠。

滿臉茫然地飛在半空時，它耳邊傳來那女人的聲音：「有實體，不是幻覺……妳是蠱靈？」

蠱靈，即蠱中之靈。

蠱師煉成一隻蠱，通常是把蛇、蠍子、蜥蜴等諸多毒蟲放入器皿之中，任由它們互相殘殺、彼此吞噬，最後活下來的那隻，便能成為「蠱」。

與凡人界單純的毒蟲不同，修真界的蠱師能賦予蠱毒強悍的靈力，靈力與毒蟲意志相融，能誕生出具有自我意識的蠱靈，供蠱師操縱。

它的確是蠱靈之一。

——可現在的情況究竟是怎麼一回事啊！它好不容易營造出那麼詭異恐怖的氣氛，怎會有人非但不害怕，還二話不說拔刀來打，把它一刀拍飛？

蠱靈懵了，聽見謝鏡辭逐漸靠近的腳步聲，下意識後退一步。

此地被設了迷心蠱，能蠱惑行人心智、令其變得膽小易怒。在一般情況下，被它纏上的人都會恐懼纏身，只想逃跑，不可能生出反抗的念頭。

但如今這個劇本不對啊！

「妳想玩遊戲？好啊。」

謝鏡辭看它拼命躲閃，覺得有些好笑，手中鬼哭刀一挽，半空劃出一道黯淡紅光，將她白皙的臉頰映出濃稠血色，配合嘴角一抹弧度，駭人非常。

她從小到大每每遇到危險，第一個反應就是掄起刀去打。

逃跑只會助長對手的銳氣，讓對方更加肆無忌憚，想從惡意中活下去，唯有比對手更惡更凶。

沒有人能在被打得落花流水時繼續裝。

蠱靈又往後退了一步。

謝鏡辭咧嘴笑：「妳逃我追，玩過沒？」

孟小汀左右張望，只見到沒有盡頭的大霧，以及一棵棵蔥蘢如蓋的參天大樹。

身後傳來詭異的笑聲，她咬牙繼續往前，不敢發出丁點聲音。

自從大霧蔓延，她發現身邊所有人都不見了蹤影，一個黑氣聚成的人形突然出現，說要和她玩捉迷藏，無論如何，絕不能被它抓到。

蒼天可鑑，她從小到大最怕這種東西，加之修為不高，只能順著那人形的意思，轉身就跑。

海邊空空蕩蕩，定然是待不得的，想藏匿行蹤，只能逃進不遠處的潮海山裡，用樹木草叢作為掩蓋。

一想到那裡曾發生過好幾起殺人事件，孟小汀胸口又是一悶。

尾隨在身後的聲音時隱時現，帶著笑，用耳語般的音量一遍遍說著：「在這兒嗎？要找到妳囉。」

這是種痛苦的折磨。

因為大霧，她看不清眼前的道路，也看不見背後那個影子，只能憑藉本能不停往前。

這是蠱師對村民們的報復。

他定是在潮海山與海灘設了局，就等著所有人在祭典當夜一起跳入其中，比起單純的屠戮，那人更想見到他們驚慌失措、絕望欲死卻求死無門的模樣。

孟小汀想到這裡，只覺一個頭兩個大——他們一行人明明與此事無關，卻被莫名其妙扯了進來，想必是那蠱師殺紅了眼，早就不分青紅皂白。

撇開冠冕堂皇的復仇外殼，從骨子裡來看，他就是個罪犯。

也不知道辭辭現在如何了。

「妳在哪兒？我們越來越近了哦——」

鬼魅般聲音仍在繼續，她身為體修，很容易隱匿行蹤與聲音，加緊步伐往叢林深處走去。

林中很久沒人來過，都是半人多高的野草，孟小汀屏著呼吸，在四合的寂靜裡，忽然聽見草叢響動的窸窣聲音。

她眸光微凜，正要調動靈力，卻聽見極力壓低的男音，帶著欣喜之意：「孟姑娘！」

孟小汀定睛看去，居然見到顧明昭。

他正縮成一團，靜悄悄躲在草叢堆裡，與她對視時咧嘴一笑：「好巧，妳也在被追啊？」

「你也——」

她小聲開口，出於警惕，沒散去周身彙聚的靈氣，抬眼望去，竟在他身側看見了另一個人。

「這是韓姑娘，我在林中迷路，恰巧撞上了她。」即便是在如此緊迫的時刻，顧明昭眼裡還是帶著笑：「我對捉迷藏很有經驗的，妳放心，藏在這兒，絕不可能被找到。」

孟小汀轉而打量他身邊的韓姑娘。

這位姑娘不知名字，只給出姓氏，被她一瞧，似是極為緊張，垂著眼睫低下頭去。

她面貌精緻秀美，還是穿著厚厚大大的外袍，裡衣領口很高，彷彿想把脖子也一同罩住，不讓其他人細看。

真奇怪，這有什麼好藏的？

更重要的是，凌水村接二連三發生怪事，正是在這幾日——韓姑娘亦是在不久前來到這裡，做什麼事都孤身一人，不會被任何人目睹行蹤。

她越想越覺得有貓膩，低低出聲：「韓姑娘為何會出現在潮海山？往生祭典舉行時，我並未見到姑娘身影。」

也就是說，她並未跟隨大部隊，而是獨自一人來到山中。

一個孑然一身的外來女人，深夜獨自前往蠱師老巢，這種事情無論怎麼想，都讓人覺得不對勁。

「……我在岸邊散心，見海岸生了大霧，便想一探究竟。」韓姑娘說著輕咳一聲，似乎身體不是太好，面頰愈發蒼白：「沒想到竟遇見此等變故，被一團黑氣纏上。」

這段說辭完全找不出漏洞。

顧明昭沒對她的身分猜測太多，一本正經道：「二位不要害怕，倘若那兩道黑影仍徘徊於此、不肯離去，到時候我會衝出去吸引注意力。等那時候，還請二位儘快逃出潮海山。」

他並非修士，不過是個手無縛雞之力的書生，一旦和那些東西撞上，定是死無葬身之地。

孟小汀還想再說什麼，猝不及防，聽見嘻嘻冷笑。

比起她最初撞上的，這道嗓音顯得更凶狠癲狂，像是貼著她耳膜擦過，帶著十足得意，終於狩獵到了覬覦已久的獵物。

孟小汀脊背一涼。

在濃郁無邊的大霧裡，暗啞聲音低低響起，噙著令人頭皮發麻的獰笑：「找到你們了——」

找到個頭！她拼了！

東海靈氣微薄，他們一行修士皆被削減了實力，其中孟小汀修為最弱，置身此等境地，也是最沒底的那一個。

但她好歹是個體修，總不能把一切丟給凡人去扛——學宮裡曾教過，修道不只為己，更要為天下蒼生，她沒什麼理想和抱負，天下蒼生太遠，但眼前的人，總得竭盡所能護著。

孟小汀凝神聚氣，咬牙轉身，掄起拳頭直接往上揮。

然而預想中的突襲並未出現，黑影還沒來得及靠近她，就被一顆石子狠狠砸中了腦袋。

「故弄玄虛有意思嗎？」顧明昭渾身發抖，一邊說，一邊悄悄對她使眼色：「不如和我堂堂正正打上一架——欸你幹嘛！別打臉！」

黑影比他們想像中更加凶殘，不由分說向前猛撲，一舉將顧明昭擊出老遠。

他今日著了件風度翩翩的青衫，前來祭典之前，還很有自信地對鏡照了半天，此刻口中鮮血一湧，前襟盡是鮮紅，咳完了血，又繼續道：「就這點力氣？比不上我以前一成的水準，還得再練練。」

韓姑娘怔在原地，沒走。

孟小汀同樣沒轉身。

藏在幕後的蠱師修為很可能到達元嬰，而她不過金丹中期，還是個插科打諢混上來的金丹中期，如今被削了實力，就更不可能是他的對手——

蠱毒相當於武器，不受蠱師自身靈力多少的影響，因此即便位於東海，力量也不會被削弱。

她下意識皺眉，手中靈力再度凝結。

雖然很可能打不過，而且還可能引來第二隻——

打不過就打不過吧。

拳風凜冽，劃破層層濃稠霧氣，衝向不遠處的模糊人形。

體修不像其他修士那樣花裡胡俏，只講究最純粹的力道，她身體裡靈力不多，此刻全部匯在拳頭上，帶出勢如破竹的勁風。

在黑影再度襲往顧明昭的前一刹，拳風如刀，一舉刺入它胸腔——

悶然如雷的轟鳴響徹八方，竟是力道在它體內層層爆開，如同泛著淺淺金光的颶風，將黑氣絞殺！

顧明昭倒吸一口冷氣。

「你還能動嗎？」方才那一擊用去了大部分力氣，孟小汀努力支撐身子：「我們必須儘快離開，動靜太大，倘若另一隻循著聲音跟上來，我們就完蛋——」

她話音未落，眸色迅速一沉。

身後雪白的大霧裡，再度響起陰冷瘆人的笑：「找到你們囉。」

感受到瞬間靠近的殺氣，孟小汀驟然轉身，與此同時，穿過半透明人形黑影，瞥見一道凜然如冰的寒光。

那是一束劍光。

身形如竹的少年站在叢林深處，稜角分明的面龐被劍氣照亮，因凝著神色，周身彷彿籠罩著不散的寒冰，冷然如謫仙。

她喜道：「裴渡！」

裴渡不愧為學宮百年難得一遇的天才，即便修為折損，劍氣也同樣凜冽決然。只聽到一聲痛極的哀號，那人形黑氣便頹然倒地，再起不能。

「裴公子。」顧明昭坐在地上，滿臉是血地伸出大拇指，朝他扯出笑：「帥。」

「諸位可有大礙？」裴渡從儲物袋拿出一粒丹丸，送到顧明昭嘴邊，眉間微擰，顯出少有的焦急之色：「你們可曾見到謝小姐？」

「未曾。」孟小汀搖頭，末了揚起下巴，胸有成竹：「不過以她的實力，絕對不會遭遇不測，說不定還能把那些奇奇怪怪的傢伙追著打。」

「追著打？」顧明昭沒忍住笑：「不是吧？謝小姐看上去文文弱弱的。」

他話音方落，便聽見林中傳來一聲驚呼：「救命！別追我，別追我了！我只是聽命行事——疼！」

顧明昭一怔：「這是哪個村民在被邪物追逐吧？這可得了，那麼多村民，肯定都遭了殃。」

裴渡頷首：「我去看看。」

潮海山林木繁茂，乍一看去，彷彿大霧之中湧動不休的海浪。此時入了夜，四下沒有光源，他用湛淵撥開跟前的枝葉，很快望見不遠處狂奔著的人影。

不只他，孟小汀等人也看見了。

可為什麼那個竭力喊著「救命」、正在狼狽逃竄的……不是什麼可憐的無辜村民，而是一道被嚇到模糊的人形黑影？

孟小汀：「嘎？」

她滿心茫然尚未散去，就在更遠一些的地方望見另一個人。

一個她無比熟悉、正耀武揚威般扛著大刀，在後面狂追不止的人。

顧明昭：「……」

顧明昭：「那個，不會是謝小姐吧？」

謝小姐不是舉止優雅得體的世家子嗎？這掄著刀的砍王是誰？

謝鏡辭同樣見到他們，挑眉露出一個笑。她玩得有些累，刀風一掃，把精疲力竭的蠱靈擊落在地：「你們沒事吧？」

蠱靈罵罵咧咧，齜牙咧嘴。

「謝小姐。」裴渡鬆一口氣，收劍入鞘：「妳可有受傷？」

顧明昭神色複雜地看他一眼。

這個問題，問那位黑影可能比較合適。

「沒有，你們呢？」謝鏡辭踮腳將他端詳一番，確定沒有傷痕，才滿意地站好：「我已經瞭解到如今的大致情況——蠱師在潮海山設下了蠱心陣法，有迷惑心智、催生恐懼之效。除了我們，其他村民也被困在其中，必須儘快破壞陣法，否則他們就完了。」

孟小汀好奇：「為什麼大家會突然之間全部消失，如今又在潮海山裡會合？」

「他除開陣法和蠱毒，還動用了幻術，製造出眾多分裂的小空間，讓我們難以相遇。但村民人數眾多，憑他一人之力，很難維持如此龐大的術法，漸漸消退在所難免。」

「不對不對，」顧明昭忍著渾身劇痛，嘶了口冷氣，「妳為何會知道得如此詳細？妳真是謝小姐？」

謝鏡辭伸手一指地上的蠱靈：「它告訴我的。」

無形的淚，從眼眶裡飆了出來。

蠱靈罵得更大聲。

這女人不正常，拿著把刀不打也不殺，只是一個勁跟在它身後，慢條斯理地詢問山中情況，說只要如實交代，就能放它一條生路。

它由毒蠍所化，是所有蠱毒中自我意識最強的一個，拼了命地想要活下去，於是知無不言，毫不猶豫賣了自家主人。

後來它被榨得一乾二淨，什麼消息都講不出來，面目猙獰地對她喊：「我全說了，真全說了！妳就放過我吧！妳之前答應過的！」

結果那女人答：「我答應過嗎？你之前偽裝成孟小汀騙了我，這次換我騙回來，禮尚往來，咱們扯平了——不過分吧？」

原來這就是傳說中的正道修士，真是好單純不做作。

蠱靈幾乎要被氣到鬱卒。

顧明昭隱隱對它生出一點同情。

「陣眼就在山中，我和裴渡前去破解便是。」

那蠱靈畢竟是陰險嗜血之物，謝鏡辭對它的破口大罵不做理會，倏而聽見一聲慘叫，原來是裴渡一劍刺穿了它的胸膛。

她抿唇笑笑，繼續道：「如今幻術漸破，村民們會逐漸現身，他們深陷危機，又毫無自保能力，還望諸位前去相助，把傷亡降到最小。」

「放心交給我們吧！」孟小汀從儲物袋拿出一顆補靈丸，鬥志昂揚：「你們也務必小心。」

顧明昭顫顫巍巍站起身，多虧裴渡給的那粒丹藥，疼痛被止去了大半。

他抬手抹去嘴角血跡，晃眼一望，見到將自己包裹得嚴嚴實實、正站在靜謐角落裡的少女。

她與顧明昭四目相對，下意識攏了攏衣襟，低下腦袋。

「韓姑娘，別怕。」他說話時傷口一扯，疼得齜牙咧嘴，許是覺得不好意思，耳朵泛起薄紅，努力把五官擺正：「妳跟在我們身後便是。我雖然沒什麼能耐，但絕不會讓妳在我之前受傷。」

少女靜默須臾，終是攏緊外袍，安靜點頭。

「陣眼位於山頂，在東南西北四處陡崖，都設有加固的陣法。只要將它們一一損毀，就能破壞蠱心陣。」謝鏡辭行事毫不拖泥帶水，手中長刀一晃：「步行太慢，我打算馭刀前往，到時候定有眾多蠱靈追殺，就靠你啦。」

她說著默念馭刀術，跳上鬼哭，朝裴渡勾勾手指：「你可要抓緊，別掉下去了。」

裴渡抱著湛淵，乖乖點頭。

謝小姐在學宮時，馭刀術名列前茅，在其他人都還不甚熟練之際，她就已經能在群山之中肆意穿行。他偷偷看過幾次，無一不是又快又險，令裴渡心驚膽戰，唯恐她一個不留神出了事。

與他的循規蹈矩、乏味不堪相比，謝小姐總能過得與眾不同。

踏上鬼哭刀時，因為離得近，很容易就聞到她身上暖融融的清香。裴渡脊背僵著，不敢抱也不敢靠，直挺挺站在謝鏡辭身後。

鬼哭騰起的剎那，速度前所未有的快。

凌厲長刀刺破夜色，霧氣虛虛渺渺地散開。他感受到四面八方湧來的冷氣，如同置身於風暴眼中心，當鬼哭一往無前地上行，耳邊傳來謝鏡辭清脆的笑。

「抓穩。」

長刀如疾電。

不時的停頓與轉彎毫無徵兆，讓他不由自主身體前傾，一顆心隨之高高提起，謝小姐的身體纖細柔和，裴渡不敢用力，遲疑片刻，用左手按上她肩頭。

「只是這裡嗎？」

謝鏡辭忽然回過頭，在漆黑夜色裡，滿天星辰盡數墜落她眼中。

明豔，張揚，熠熠生輝。

她勾著唇，眼尾一挑，彷彿溢出清淺瑩亮的月色，嗓音被風吹得有些模糊：「我的腰應該挺軟哦，裴渡。」

他的心跳在那一瞬間暫停。

然後瘋狂跳動著。

一隻蠱靈尾隨而來，長刀並未停下，勢如閃電繼續往前。

裴渡按捺住心下劇烈顫抖，左手覆上她腰間。

他的左手完全僵住。

少年滿面皆是紅，劍氣則帶著殺意扶搖直上，將蠱靈瞬間斬殺。

「會不會太快？」謝鏡辭仍在笑：「你若是覺得害怕，大可告訴我。」

「不用……謝小姐。」

裴渡話一出口，才發覺自己的嗓音在顫。

他真是沒救了，僅僅因為撫摸謝小姐的腰，就變成這麼沒出息的模樣。今後若是——

這個念頭像火，將他燙得一驚。

蠱靈自四面八方而來，匯成漆黑長河。謝鏡辭的長刀帶著摧枯拉朽之勢，刀光重重疊疊，恍如層層蕩開的水波，所過之處邪祟無處遁形，哀號陣陣。

風聲越來越大。

連裴渡自己都沒意識到，他的嘴角在很早之前便高高揚起，當少年在漫天星光下仰頭，亮芒盡數墜入眼中，清光迴盪不休。

他從未感到如此肆意，彷彿成為了來去自如的疾風，裹挾著橫掃八方的張揚。

這是謝小姐的世界。

當他在黑暗裡苟且偷生的那些年，她一直是這般快意瀟灑，想說便說，想做就做，光芒萬丈。

他們之間隔著那麼遠那麼遠的距離，裴渡向來只能遠遠看著她，無聲抬起視線，像在注視一場精彩絕倫，卻也觸不到的夢。

因而此時此刻，就像在做夢。

他不知怎地闖入了謝小姐的世界，變成其中之一。耳畔是她清凌凌的笑，刀光劍影交疊不休。

那是謝小姐的刀，以及屬於他的劍。

靈力四蕩，當山頂明滅不定的陣眼被一舉擊潰，漫天大霧頃刻消退。

蠱師早已不見蹤跡，不知逃去哪裡。謝鏡辭仍未盡興，笑吟吟地開口：「裴渡，想不想兜風？」

他想不明白這個話的意思，茫然接道：「兜風？」

她說到一半便停下，不留給裴渡任何緩衝的餘地，兀地聚力，長刀發出一聲嗡鳴。

「兜風啊，就是——」

在謝鏡辭壞心眼的笑裡，裴渡猝不及防，雙手抱上她的腰。

柔軟得過了頭，像流水一樣往裡收攏。

過快的速度讓他來不及思考，只能感到指尖輕顫。

這是他喜歡的姑娘。

她那樣耀眼，和她在一起的時候，連黯淡不已、乏味無趣的他，彷彿也能沾染上一些瑩輝。

裴渡那麼那麼喜歡她。

因而也會感到遲疑，想著自己究竟能否配得上她。

穿過鬱鬱蔥蔥的潮海山，便是一望無際的海。

隨著霧氣消散，星空與月亮一點點撥開雲霧露出來。海水倒映著天幕，星光四溢，零零散散點綴其中，月色則是朦朦朧朧，蒙在水面之上，如同薄紗。

等看不見沙灘，四周只剩下大海時，謝鏡辭的速度漸漸慢下來。

耳邊是無窮無盡的潮聲，靜謐又喧嘩。

「等會兒回去，直接找顧明昭。」她長長舒了口氣：「之前與他們道別時，孟小汀對我傳音說了些東西。」

當時孟小汀倉皇逃竄，遇到顧明昭與韓姑娘。按理來說，每人身後跟著一隻蠱靈，一共有三隻，而顧明昭開口，卻用了「倘若那兩道黑影繼續徘徊」的說法。

若說他早就解決了跟在自己身後的蠱靈，以那人弱不禁風的模樣，定不可能。唯一的解釋，只能是他身後並無蠱靈。

可為何只有他例外。

倘若顧明昭就是蠱師，當時大陣封山，無異於他的主場，一旦啟動蠱心陣法，輕而易舉便能逃脫。

謝鏡辭故意避而不談，是想等陣法破開，以免打草驚蛇。

但看他當時頭破血流的樣子……真正的蠱師明明只要藏在暗處就好，那樣拼命，並沒有什麼意義。

更何況，蠱蟲理應不會傷害主人。

她說罷一頓，只覺想得腦袋發疼，於是忽然轉了話題，背對著裴渡輕聲笑笑：「我的馭刀術還不錯吧？」

裴渡：「……嗯。」

「我練了好久好久，倘若不能好好表現一下，那也太丟臉了。」謝鏡辭仰頭，看天邊高高懸著的月亮一眼：「小時候不懂事，總想得到旁人沒有的寶貝，其中最大的心願，就是飛到天上抓住月亮。只可惜無論怎樣練習，都搆不著月亮的邊。」

直到後來經歷了越來越多的小世界，她才終於明白，原來月亮並非是個掛在天邊的小小圓盤，想把它握在手中，是無法實現的妄想。

「不過如今想想，天邊那個太遠，壓根不可能碰到，想抓住月亮，還有其他辦法。」她說到這裡轉過身來，眼角眉梢盡是笑意：「你知道是什麼嗎？」

裴渡很認真地思考，很快露出恍然大悟的神色，引動靈力，勾起一汪映著明月的海水。

然而月亮終究只是倒影，海水一旦離開海面，來到他手中時，月亮又消失不見。

他失落的樣子看起來好呆。

謝鏡辭沒忍住，噗嗤笑出聲。

「不是這個，還有另一種法子——你想知道嗎？」她立在鬼哭刀上，朝他勾勾手指：「過來，摘月亮的辦法，我悄悄告訴你。」

於是裴渡順勢低頭。

清清冷冷的月色悠悠落下，無聲無息。

星漢燦爛，他看見謝小姐眼中倒映的星光，以及一輪圓圓明月。

原來在她眼中，也藏著月亮。

天與海渾然一體，夜色空蒙，謝鏡辭仰頭，踮起腳尖。

一個吻落在他眉下，謝小姐的嗓音裡噙著淺笑，如蠱如毒：「在這兒呢。」

心臟不受控制地劇烈跳動。

裴渡再度聽見她的聲音。

「其實在你之後，我就不那麼想要摘取月亮了。」謝鏡辭看著他的眼眶漸漸泛紅，唇瓣向下，落在上挑的眼尾：「月亮人人都能見到，你卻不一樣。」

海浪一波接著一波，聲聲撩動心弦。

裴渡屏住呼吸，看見她瞇眼笑笑，薄唇彷彿染著水色，眼底則是悠揚星光。

「裴渡是只屬於我的寶物。」夜色如潮，在極致的幽寂裡，他傾慕了許久的姑娘說：「我也是只屬於裴渡的……嗯，我是你的寶物嗎？」

藏在心底濃郁的陰霾，於這片星空之下，被一陣風輕輕吹散。

他不知所措，在這樣赤誠的笑容裡無所遁形，心如冰川消融，湧出暖融融的熱。

開心到了極致，竟是鋪天蓋地而來的緊張，連笑容也一併忘卻，只剩下砰砰的心跳。

……這種歡愉是被允許存在的嗎？

裴渡喉頭微動，衣袖下的手握了又鬆。

想要多觸碰她，越來越多不可言說的念頭蠢蠢欲動，快要掙脫束縛。

少年靜默著低頭，小心翼翼將她抱在懷中，隔著一層單薄衣物，能聞到謝小姐周身溫和的香氣。

他近乎貪婪地攫取，薄唇輕啟，喉音微啞：「……是。」

謝鏡辭笑了笑：「是什麼？」

裴渡輕輕吸了口氣。

「謝小姐是……只屬於我的寶物。」

謝鏡辭的靈力飛到一半便到了盡頭，如同摩托車沒了油。於是兩人只得乘上裴渡的湛淵劍，一路搖搖晃晃，從海面回到海灘。如果非要形容，大概就是從狂野飆車變成小三輪慢慢騎，倒也稱得上愜意。

夜半的海面遼闊無垠，雖是深藍近黑，但因倒映著星空燦爛，四面八方皆點綴著螢光。當湛淵緩緩從上空路過，劍氣如霜，劃破道道雪白亮色。

等上了岸，周遭早已不復往生祭典時的熱鬧喧囂，放眼望去見不到人，一片荒涼蕭索。

迷心蠱殺傷力極大，即便是孟小汀那樣的修士，拼盡全力也只能除掉一個。凌水村的諸多村民從未接觸過仙道術法，面對那樣怪異驚悚的場面，定然傷亡慘重。

謝鏡辭一路留意著四周景象，同裴渡回了凌水村，行至村口，總算望見幾道人影。

往生祭典已然中止，街邊行人滿面驚惶，無一不是提心吊膽、面色慘白的模樣，等靠近醫館，哀號聲變得更多。

「謝小姐、裴公子。」受傷的村民太多，醫館容納不下，只能把多餘的傷患安置在門邊。村長守在一張張床鋪旁側，正在為一個女孩擦拭傷口，瞥見二人身影，頷首致意：「我聽聞二位破開了山上的陣法，多謝。」

「舉手之勞，不必言謝。」謝鏡辭看她面前簡陋的木床一眼，不由皺眉：「這孩子也中了迷心蠱？」

那床不過是塊支撐起來的木板，鋪了層厚重被褥。躺在中央的小女孩看上去只有六七歲大，面無血色、滿頭冷汗，額頭磕破了一大塊，正往外滲著血。

她被嚇得厲害，蜷縮著瑟瑟發抖，眼眶紅腫，應是哭過很長一段時間。

村長嘆了口氣，點頭：「蠱師不分青紅皂白，對每個參加往生祭典的人都下了手……這孩子被嚇壞了，迷迷糊糊跑進山裡，從陡崖摔了下去，造孽啊。」

謝鏡辭皺眉。

那人用著復仇的理由，其實是在進行一場無差別屠殺，或許他從未想過善惡錯對，心裡唯一的念頭，唯有把這個村落置於死地。

說到底，這出「復仇」只不過是他用來宣洩不滿、抒發暴虐殺氣的幌子。

「瑤瑤別怕。」村長壓柔聲音，繼續為女孩擦去額角的泥土：「待會兒我就幫妳上藥。」

謝鏡辭好奇：「村長懂醫術？」

「略懂，不精。」村長溫聲笑笑：「二位道長也看到了，此次變故突生，不少人受了傷。醫館人手遠遠不夠，我雖是外行，但總歸能幫上些忙——這孩子爹娘神志不清，正躺在醫館中療傷，我便想著來照顧照顧她。」

如今的凌水村，的確傷患遍地。

她動作溫和，神情專注而認真，一點點擦去女孩額頭上猙獰的血跡。後者本顫慄不已，因為這份溫柔的撫摸，臉上總算多出一點血色。

「我……我不怕。」女孩怯怯一縮：「夫子您說過，不能輕易掉眼淚。」

裴渡微怔：「夫子？」

「是我。」村長笑笑，眼角皺眉蕩開：「凌水村地處偏遠，很少能與外界交流。孩子們要想上學堂，必須走上大半個時辰，才能抵達離這兒最近的太平鎮，於是我在村中開了間學堂。」

原來還是個老師。

謝鏡辭心下微動，抬眼細細打量她。

村長說三十年前，自己只是個十多歲的小姑娘，那她如今的歲數，應當是五十上下。然而當初頭一回見到她，謝鏡辭下意識覺得這是個六七十歲的老嫗——頭髮花白、身形乾癟瘦小，皺紋更是遍布整張臉，如同深淺不一的溝壑。

想來是因太過操勞，白髮早生。

謝鏡辭心生敬意，嗓音不由放緩：「辛苦了。」

「夫子她人很好的！學費只收很少一點，像何秋生他們家裡沒錢，就乾脆不收。」女孩對村長很是推崇，聞言來了興致，竟不再喊痛，而是兩眼放光，耐心列舉村長的事蹟：「平日裡也是，無論有誰——哎呀！痛！夫子，這藥好辣！」

村長斂眉淡笑，繼續給她上藥，並未回頭看謝鏡辭與裴渡：「二位別聽她胡說，這小丫頭，吹捧人倒是一套又一套。」

裴渡溫聲：「村長如此行事，的確令人傾佩。」

「也許是因為，我小時候也跟這些孩子一樣。」半晌，她低低開口，語氣裡多出幾分悵然：「家裡沒什麼錢，爹娘整日忙著捕魚尋寶，雖然一心想上學堂，卻也心知肚明，難於登天。」

謝鏡辭順勢接話：「您兒時未曾念過書？」

「所幸有了轉機。」村長無聲勾唇，不知為何，眼中卻笑意寥寥，更多是遲疑與茫然：「當初有個好心人突然出現，為整個凌水村的孩子購置了筆墨紙硯，甚至建造一所學堂……只可惜我們從不知曉他的身分。」

謝鏡辭恍然：「是哪位富商所為吧？」

老嫗卻是沉默，混濁的雙眼中晦暗不明。

「說來也奇怪，雖然從未見過那人，我卻總覺得他不是富商……怎麼說呢，他應該是個隨處可見的普通人，相貌尋常，眼睛很亮，看上去溫溫和和，對什麼都不太在意的模樣，在雨天的時候——」她說到這裡，終於意識到自己多言，眼睫一動，恢復了如往常一般和善的笑：「抱歉。總之，正因有了那間學堂的教導，我才得以變成如今的模樣，後來學堂散了，我便在原址上重開一所，也算報答當年那位先生的恩情。」

「先生？」謝鏡辭很快接話：「資助者是名男子嗎？」

村長又是一怔。

在春夜寂靜的星海下，這一瞬的沉默被無限拉長，片刻後，她嘴角微咧，露出笑。

「或許是兒時做的夢吧，我小時候總愛胡思亂想。」她有些悵然地道：「我與那位，從未見過面。」

話題至此，就到了終結的時候。

謝鏡辭還有要事在身，不能在醫館多加停留，因此開門見山地問：「宋姨，妳知道顧明昭住在哪兒嗎？」

「明昭？離開醫館，朝著東南方向的小路一直往前，走到盡頭，遇到種了棵榕樹的小院，那就是他家。」

她「唔」了聲，繼而又道：「顧明昭應該不是土生土長的淩水村人吧？」

「他是十多歲來這兒的，說想要探祕尋寶，結果後來便住下了——二位不會懷疑他是蠱師吧？」村長語速漸快：「絕不可能是他。那孩子在淩水村生活這麼多年，從沒做過壞事，還屢屢幫襯學堂裡的事務——況且我見過溫知瀾，和他的長相截然不同。」

她說著一頓，緩了口氣：「溫知瀾，就是當年那男孩的名字。」

「宋姨放心，我們只是想找他問些事情。」謝鏡辭笑笑：「至於蠱師，應當並不是他。」

事情漸漸變得更有意思了。

念及方才村長提到的神祕資助者，普通人，眼睛很亮，相貌尋常又溫溫和和……似乎每一點，都能不偏不倚與顧明昭撞上。

而之所以不會被蠱毒纏身，除了他就是蠱師本人，還有另一種可能性。

一個天馬行空、鮮少能有人想到的可能性。

順著小路一直往前，沒過多久，就能見到那個種著榕樹的院落。

顧明昭性情閒適，除開種樹，還在院子裡養了不少五顏六色的花，如今春分已至，端的是花團錦簇，姹紫嫣紅。

就是大紅大綠，著實有些俗。

院子裡的燈還亮著，從窗戶裡映出幾道人影，還有一聲慘絕人寰的痛呼：「疼疼疼！輕點兒輕點兒！我要死了要死了！」

蒼天可鑑，那個躺在醫館門前的小女孩，都沒叫得如此哭天喊地。

莫霄陽吸了口冷氣：「兄弟，堅持住啊！咬牙！使勁兒！」

然後是孟小汀抓狂的聲音：「大哥，藥膏明明才碰到你的一點點！還有莫霄陽閉嘴！你那什麼臺詞啊！」

謝鏡辭：「……」

謝鏡辭走進院子，敲了敲門。

「誰？進來。」孟小汀被折騰得焦頭爛額，一轉頭見到謝鏡辭，立刻露出了求安慰求抱抱的可憐模樣：「辭辭！妳快看他！顧明昭只不過是膝蓋被咬了塊肉，就怎麼都不讓我們上藥了！」

顧明昭瞪大雙眼：「只不過？只不過！」

對於修真者來說，這的確算不上多麼罕見的傷勢，但顧明昭顯然習慣了順風順水、吊兒郎當的瀟灑日子，但凡一丁點的疼，都能在他那邊無限放大。

謝鏡辭走近看他一眼，只見膝蓋血肉模糊，在周圍白花花的肉裡，唯有這塊盡是血汙，隱隱露出骨頭。

裴渡沉聲：「怎會變成這樣？」

「他是為了救韓姑娘。」孟小汀嘆了口氣：「我們下山的時候，幻術漸漸減弱，能見到其他村民與蠱靈。當時場面一片混亂，好幾個蠱靈襲向韓姑娘，千鈞一髮之際，是顧明昭擋了下來。」

至於他如今哭天搶地的模樣，哪裡還能看出當時的半點英勇。

謝鏡辭扶額：「韓姑娘呢？」

「她說被嚇到了，要回房靜養。」莫霄陽撓頭：「那姑娘怪怪的，被蠱靈抓傷了手臂，死活不讓孟小汀幫她上藥——而且我總覺得，她好像特別容易招來蠱靈的襲擊。」

她一直將自己捂得嚴嚴實實，也不知在那件寬大長袍之下，究竟藏著怎樣的祕辛。

不過這並非需要解決的頭等問題。

謝鏡辭與孟小汀交換一個眼神，冷不防出聲：「顧明昭。」

顧明昭茫然抬頭：「啊？」

她抿唇笑笑，語氣平和：「在潮海山裡，只有你身後沒跟著蠱靈，對不對？」

孟小汀朝她豎了拇指。

自從察覺到顧明昭那句話的不對勁，她就一直格外謹慎小心，哪怕離開了潮海山，也以「幫忙上藥」為名，強行留在此人身邊。倘若他真是蠱師，以她和莫霄陽的實力定然不敢，唯有等辭辭與裴渡回來，才能當面戳穿。

顧明昭一愣。

「我猜你不是蠱師。」謝鏡辭繼續道：「之所以沒有蠱靈跟在身後，是因為你還有別的身分，對不對？」

她看似篤定，實則並沒有太大把握。

他們剛來淩水村沒多久，知道的線索少之又少，只能憑藉僅有的蛛絲馬跡，儘量還原事件真相。

更何況，謝鏡辭推出的那個可能性實在離奇。

「當時說漏嘴的時候，我就想著會不會被你們發現。」在陡然降臨的沉默裡，顧明昭撓頭：「其實也不是多麼難以啟齒的祕密……之所以沒有蠱靈，是因為我不受迷心蠱控制。」

「不受控制？」莫霄陽一愣：「你是什麼特殊體質嗎？」

「雖然我不太懂蠱術，但迷心蠱那玩意兒，應該是透過影響人的識海，讓蠱中之靈對其產生感應，從而綁定，一直跟在那人身後。」他不擅長自誇，露出有些不好意思的神色：「但是吧，怎麼說呢，以他目前的修為，似乎還沒辦法動搖我的識海。」

孟小汀瞪大雙眼，滿臉寫著不相信：「可那蠱師不是至少有元嬰中期的修為嗎？」

那可是元嬰中期，比修真界大多數的修士都要高。

而以顧明昭貧瘠的靈力來看，這小子連修真的入門門檻都還沒摸著。莫說抵擋住來勢洶洶的迷心蠱，但凡被蠱毒輕輕碰一下，都很可能命喪當場。

「識海不只與修為相關，」謝鏡辭舒了口氣，「見識、心性與根基，也會對它的強弱產生影響。」

顧明昭傻笑：「對對對！就是這樣！」

孟小汀皺著眉看他。

話雖這樣說，可無論是從哪個方面來看……這人學識淵博嗎？一個在學堂裡幫忙的文弱書生。這人根基過人嗎？海邊普普通通的凡人。至於心性——

顧明昭方才差點疼哭了。

「說出來你們可能不信。」瘦削清秀的年輕人輕輕一動，抬手指了指村口的方向，語氣隨意，像在話家常：「還記得路過的那座破廟嗎？我的老窩。」

莫霄陽露出憐惜之色：「你在那兒打過地鋪啊？」

「他的意思是，」謝鏡辭語氣淡淡，「他就是水風上仙。」

這樣一來，很多問題都能得到解釋。

村長明明從未見過那個建立學堂的男人，卻能大致勾勒出他的模樣，或許他的的確確真實存在過，只不過出於某種原因，被所有人遺忘。

水風上仙也是如此。

海邊最盛神明崇拜，更何況淩水村危機頻發、妖邪橫生，按照慣例，理應造出一尊神明以供參拜，而非淪為如今的無主之地。

水風上仙廟宇精緻，想必曾經香火旺盛，如今幾十年過去，卻再無人記得。

這件事無論怎麼想，都必然藏著貓膩。

……難不成是出了什麼事，把所有人關於他的記憶抹去了？

顧明昭：「啊嗯，謝小姐說得對。」

沒有想像中的驚訝呼聲，隨著他話音落下，迎來短暫的沉默。

然後孟小汀神色複雜地開口：「你都是個神仙了，待會兒上藥別亂叫，好嗎？」

莫霄陽真心實意：「兄弟，你房子好慘，有空去收拾收拾吧。」

顧明昭：「……」

顧明昭：「哦。」

默了一瞬，年輕人忍著膝蓋劇痛，坐直身子：「不是，那什麼，難道你們就沒有一丁點兒的吃驚嗎？什麼都不想問嗎？」

「看你這樣子，沒有信徒，力量差不多枯竭了吧？」莫霄陽拍拍他肩膀：「放心，等我有錢了，給你建座新的神廟，我們都有光明的未來。」

顧明昭：「……」

貧窮，是窮神與窮人共同的慘劇。這絕對是史上最慘的神。

是他不對勁，還是他眼前的這夥人不怎麼對勁？

「我有個問題。」謝鏡辭舉手：「多年前在村子裡建立學堂的也是你吧？為什麼所有人都不記得你的存在？」

顧明昭有點頹：「此事說來話長。」

「那不妨長話短說。」

「當人的信仰足夠強大，能創造出他們心目中的『神』。但其實我們遠遠達不到神明的水準，充其量，只能算是天地間無主的精怪。」顧明昭道：「雖然能力微薄，但由於誕生於土地居民的心願，我們大多數會留在當地，竭力護住這裡——不能稱作『守護神』，非要說的話，大概算是『守護妖精』？」

莫霄陽：「知恩圖報誒！」

「倘若被村民們知道真實身分，到時候肯定會有一大堆麻煩事。我在淩水村生活了好幾百年，從來不會自行暴露，而是幻化出不同的臉、編造不同的故事、以不同的身分來到這裡。」

「原來如此。」孟小汀思忖道：「當初村長說起溫知瀾那件事，說他娘親自行爆開靈力，威力巨大，淩水村村民毫無招架之力，卻沒人受到太過嚴重的傷。是不是因為你當時在場，用靈力護住了他們？」

顧明昭點頭：「三十年前，在溫知瀾離開不久以後，淩水村又出了件大事。」

「這村子毗鄰琅琊祕境，祕境裡靈氣濃郁，對於妖魔鬼怪而言，滋味美妙、趨之若鶩。」他說到這裡，眉心一擰：「久而久之，妖氣、魔氣與靈力彼此融合，難免誕生出全新的邪祟，某日祕境開啟，那怪物竟穿過入口，來到了淩水村中。」

琅琊祕境裡全新的邪祟。

謝鏡辭心臟一跳，孟小汀亦是迅速看她一眼，聽顧明昭繼續道：「我也說過了，淩水村一個小小村落，能提供的信仰其實不多，我的修為頂多元嬰，能勉強與之一戰。」

說到這裡，之後究竟發生什麼，似乎已經不言而喻了。

「那怪物以吞噬記憶為樂，難以與我正面相抗，就把主意打在了村民身上，只不過呼啦那麼一下——」他頓了頓，聽不出語氣裡的情緒：「所有關於我的記憶，全都不見了。」

沒有記憶，自然不會再有信仰。

自此學堂關閉，神廟無人問津，水風上仙成了個莫名其妙冒出來的笑話，只剩下孤零零佇立在海邊的石像。

路過的村民見到它，無一不是笑哈哈：「這是誰偷偷修的廟？水風上仙——聽都沒聽過，有誰來拜啊？」

「我還記得頭一回見面，你們向我詢問琅琊祕境發生過的怪事。」顧明昭將幾人掃視一遍：「你們之中也有人喪失了記憶，對不對？」

謝鏡辭點頭：「我。」

原來失去的那部分神識……是記憶。

她有些茫然，繼續出聲：「但我並沒有失去記憶的實感……似乎那些事情於我而言，並沒有多麼重要。」

「誰知道呢。」顧明昭笑笑：「不過吧，那怪物既然要選擇食物，一定會挑選最精妙可口的部分。我曾是凌水村裡很多人的信仰，也在這兒結識了不少朋友，到頭來，不也是淪落成了這副德行？記憶沒了就是沒了，不會有人在意的。」

他雖然在笑，這段話卻帶著無可奈何的辛酸與自嘲，讓人心下發澀。

謝鏡辭沉默片刻，驟然開口：「如果殺了它，記憶能不能恢復？」

顧明昭微愣，繼而笑道：「誰知道呢，或許吧。不過當年它就是元嬰修為，如今實力漸長，恐怕不好對付。」

再怎麼強，那都只是個欺軟怕硬的小偷。

「等蠱毒事畢，我會打倒它，把記憶奪回來。」謝鏡辭右手輕敲桌面，發出「咚」的一聲輕響：「在那之前，我們不如先談談溫知瀾。」

顧明昭咧嘴一笑。

「老實說，溫知瀾的實力之強，已經遠遠超出我的預料。」他說著往後斜靠，終於恢復了往日裡的快活模樣，嘴皮子叭叭叭動個不停：「他離開東海不過三十多年，便從毫無修為的孤兒搖身一變，成了元嬰級蠱師。就算是不少修真門派的親傳弟子，也不見得能有這般一日千里的速度。」

用短短三十年抵達元嬰中期，已經稱得上天賦異稟，更何況他還是個蠱師。

蠱師們神出鬼沒，是修真界中最神祕的族群之一，溫知瀾無門無派、無依無靠，怎就能練出一身絕技？

「我聽說，蠱師很講究家族傳承，不會輕易把獨門絕技傳給外人。」在來到凌水村前，謝鏡辭對蠱師做過調查：「至於想讓修為突飛猛進，聽說有人會選擇以身飼蠱，用身體滋養毒蠱——不過溫知瀾天生邪骨、體質特殊，應該不需要這種歪門邪道，就能達到一日千里的效果。」

孟小汀摸摸下巴：「那問題來了，他到底是從哪兒學來的蠱術呢？」

「我倒有一個猜測。」顧明昭若有所思，用半開玩笑的語氣：「你們不知道，溫知瀾生得妖異，當初即便只是個又矮又瘦的小孩，五官也帶著漂亮的邪氣。以他的長相，指不定就被哪位蠱師一見鍾情，私定終身。」

他本是在開玩笑，孟小汀聽罷，卻發出一聲驚呼：「對了！我我我想起來了！」

她說著轉頭，看向身邊的謝鏡辭：「辭辭，妳還記得在來凌水村的路上，我對你們講的那個家族滅門慘案嗎？」

家族滅門血案。

謝鏡辭心頭一動。

當時他們下了馬車，孟小汀閒得無聊，大談特談關於蠱師的八卦，其中之一，就是洛城白家。

白家乃是小有名氣的蠱師家族，於五年前慘遭血洗、生還者寥寥。在一場大火之後，藏書閣被毀得一乾二淨，與蠱術相關的修煉典籍一本也沒剩下。

……倘若那些書並未被燒毀，而是被凶手奪了去呢？

「這個故事還有後續，說是唯一的倖存者認領屍體，發覺少了一個人。」孟小汀輕輕一合掌：「正是二十年前，與大小姐成婚的男人。」

「所以說，那傢伙急於修煉，乾脆殺了別人全家，把祕笈全拿走了？」顧明昭很沒出息地打了個哆嗦：「這也太噁心了吧。」

他話音方落，忽然瞥見門外一襲白衣。

屋子裡血腥氣太濃，謝鏡辭進屋時並未關門，一轉頭，竟見到早早回了客棧的韓姑娘。她換了件外袍，仍是把脖子與手臂牢牢遮擋，乍一撞上這麼多人的目光，臉上泛起微弱薄紅。

「韓姑娘，妳怎麼知道我家？」顧明昭忘了腿上的傷，往前移動，被疼得齜牙咧嘴、嗷嗷大叫。

對方似是有些遲疑，上前幾步，怯怯出聲：「……藥。」

她一面開口，一面伸出手來，從袖子裡探出的，是個精緻瓷瓶：「謝謝。」

這姑娘聲音倒是好聽。

顧明昭得了孟小汀白骨生肌的靈藥，腿上已經緩緩生出了新肉，不過多久，便能復原大半。

但他還是咧嘴笑笑，伸手接下瓷瓶：「多謝。韓姑娘身上的傷口如何了？」

她不語，靜靜點頭，應該是擦過藥的意思。

「這個韓姑娘，怎麼看怎麼奇怪。」莫霄陽用傳音入密：「你們說，會不會是溫知瀾男扮女裝，用外袍擋住男性特徵，看似柔弱，其實在心裡瘋狂嘲笑我們的愚蠢，無法看破他的偽裝！」

孟小汀神色複雜，欲言又止。

「不過你們曾說，潮海山裡的蠱靈爭相往她身上撲……或許真有貓膩。」謝鏡辭道：

「不如想個法子，留下她。」

她話剛說完，便聽見自言自語般的低呼。

「話說回來，今天是春分日吧？」顧明昭想起什麼，一掃之前的疲態，頗有幾分垂死病中驚坐起的勢頭：「春分萬物復甦、靈力凝結，在東海之畔，會出現極美的壯景，一年一度，看到就是賺到——幾位都是外來客，想不想去看看？」

顧明昭。

你就是媽媽們的好大兒！

莫霄陽：「去去去！韓姑娘也去看看吧？東海很美的。」

孟小汀：「去去去！韓姑娘，相逢即是緣，咱們一起去逛逛啊！」

成為眾人焦點的少女如芒刺在背，下意識壓低腦袋，沉默須臾，竟是點了點頭。

謝鏡辭悄悄鬆了口氣，還沒來得及開口，忽然聽見耳邊傳來裴渡遲疑的嗓音：「……謝小姐。」她轉頭，聽他繼續道：「人物設定，好像換了。」

好事啊！

謝鏡辭心中大喜，終於挺過了兔子精！倘若裴渡繼續露出那副模樣，她只怕自己會在某天發熱自燃。

她沒多想，順勢接話：「新的設定是什麼？」

裴渡：「……」

裴渡聲音發澀：「黑化抖……大少爺。」

他中途出現明顯的卡頓，因為不認識「抖」後面的字。

謝鏡辭死裡逃生的微笑僵在嘴邊。

救。命。

這啥，這啥，抖字後面還能跟著什麼東西。

這這這個人設……黑化抖S大少爺？

她記得這個設定，當初放在謝鏡辭身上，變成「大小姐和清純小男僕」，一個關於強取豪奪的狗血故事。

至於什麼黑化，用通俗一點的話來說，就是占有欲爆棚的神經病，宛如醋缸成精，一年有三百六十六天都在吃醋。

最重要的是，每每吃醋之後，都會強制性做出某些不可描述、也不適合出現在全年齡向作品裡的事，說出的臺詞更是沒耳聽。

謝鏡辭能感覺到自己心臟的顫抖。

要是讓她裝凶嚇嚇裴渡還好，可一旦變成被動的那一方……被他做出那些動作，她一定會受不了。

所幸她還有救。

這種設定不像兔子精的隨機發情期，聽起來偏執，想躲，其實也容易——只需要和其他人保持距離。

這樣一來，吃醋的設定沒地方宣洩，等人設替換，一切便萬事大吉。

裴渡同樣沉默，看著識海中浮現的例句。

什麼『哪隻手碰了她？不說，就全都剁下來』。

什麼『清楚自己的身分嗎？你只屬於我，也只能看我』。

還有什麼『取悅我』。

……這都是什麼話啊。

光是看著它們，裴渡便已是羞愧難當，心裡的小人蜷縮成一個小團，拿雙手捂著眼睛，只希望自己趁早消失，不在謝小姐面前丟臉。

再看謝小姐——

湛淵，救救他吧。

謝小姐已經露出十分驚恐的眼神了。

「我還是覺得男扮女裝很有可能，指不定溫知瀾的想法與眾不同呢？」

莫霄陽仍然堅持自己的猜測不動搖，正色看向離得最近的謝鏡辭：「而且那麼多蟲蟲被她吸引，想想就不對勁。」

謝鏡辭眉心一跳。

救命！你不要過來啊！

裴渡朝這邊靠近了一步。

這個人設最擅長幻想，她彷彿能聽見他心裡的系統音：『叮咚！看那個拈花惹草的女人！』

「他藏在暗處不就好了，哪裡需要費盡心思製造假像。」孟小汀加入傳音密聊，朝謝鏡辭靠得更近，抓著她胳膊輕輕晃：「辭辭，妳說對不對？」

妳妳妳也不要過來啊！

裴渡又朝這邊靠近了一步。

『叮咚！看那個遊龍戲鳳的女人！她連閨蜜都不放過！』

「對了，我院子裡的花開得不錯。」那邊的顧明昭笑道：「除開正中央那盆牡丹，你們若是喜歡，隨便摘了便是——我看西南角的桃花，就很適合謝小姐。」

謝鏡辭：「……」

『叮咚！天哪，這就是海王的海產大展嗎？看那光，那水、那魚、那蝦、那片廣袤無垠的青青草原！什麼？你不懂什麼是海王和海產？沒關係，你只需要明白：綠色，很美。』

裴渡已經走到她身邊。

少年的手骨節分明、修長漂亮，輕輕捏著她手腕，帶來透骨的涼。

「謝小姐。」他揚了嘴角，嗓音卻是冷然清越，聽不出笑意：「我有事同妳說。」

謝鏡辭腦子裡只剩下一個字。

——危。

第六章　水風上仙

春分的夜晚不算冷，滿院盡是沁人心脾的桃花香。

謝鏡辭被裴渡拉著手腕，從房中一路來到庭院角落，所過之處，拂下落英繽紛。

她原本是有些緊張的。

要說關於這個人設的劇情，其實很簡單。

身為反派的大小姐偏執陰暗，對家中侍奉的小男僕情有獨鍾，想要獨占他，卻又嫌棄他低賤的身分，覺得不過是一個下人，不配與自己平起平坐。

極端的落差感迫使她遠離，心生狂湧的愛意則一步步逼她前進，在這種扭曲的心態下，大小姐順利進化為完全變態，一面盡情折辱，一面肆意地釋放傾慕，把男主人公折磨得死去活來。

謝鏡辭：「……」

至於結局，自然是人美心善的女主角從天而降，將小男僕拉出泥沼，大小姐失去所愛追悔莫及，只能眼睜睜看著心上人和別人遠走高飛。

這個人設完美詮釋了什麼叫「占有欲型人渣」，不但時常吃醋暴怒，還會強制做出各種不適合小孩觀看的舉動，可謂「人面獸心、斯文敗類」的代言人，若是由裴渡詮釋出來——

裴渡將她帶出房間的意圖再明顯不過，謝鏡辭下意識有些心虛，然而抬頭一瞥，望見了少年泛紅的耳廓。

他一定是被那些不可言說的虎狼之詞嚇壞了。

……忽然有種她在逼良為娼的錯覺是怎麼回事！

行至角落，裴渡的步伐驟然停下。

這裡種了棵生機盎然的桃樹，桃花香氣縈繞不絕，連月光也被蒙了層薄薄淺粉，幽謐非常。

謝鏡辭又聽他道了聲：「……謝小姐。」

放在她手腕上的拇指，正在無聲摩挲。

劍修的指腹生有老繭，摸起來有些癢。裴渡手指冰涼，輕輕往下，勾勒出她掌心的，彷彿能把涼氣沁入血管之中。

謝鏡辭想起他耳朵上的緋紅，一時覺得有些好笑，然而這樣的撫摸太過曖昧，讓她有些燥。

「我近日太過縱容，讓妳忘了自己的身分，是麼？」

裴渡向前一步，她下意識後退，腳跟觸到那棵巨大的桃花樹。

「還記得嗎？不聽話的話，會得到懲罰。」他眼底晦暗，遲疑一瞬，嗓音漸低：「……

到時候可別又哭了，辭辭。」

裴渡：「……」

他叫了謝小姐「辭辭」。

這兩個字曾在心中徘徊許多次，從未有機會念出，此刻在系統的作用下來到舌尖，竟像清泉穿澗，不帶絲毫停頓地溢了出來。

至於在那之前的話——

他……他難道真要懲罰謝小姐，把謝小姐弄哭？他絕不會傷她分毫，更不可能打她。

如果系統發布了懲罰她的任務，裴渡寧願替她受罰。

『我說，』系統不知從識海哪處冒出來，噗嗤一笑，『你不會以為這個「懲罰」，是指裴家家法那種拳打腳踢吧？』

裴渡垂眸：「若是鞭刑、火刑，我亦能忍受。還請不要對謝小姐下手。」

系統沒出聲，須臾，爆發出嘲弄意味十足的大笑。

『懲罰的花樣可是有很多的，小少爺。』它心情似乎不錯，語氣輕快，帶著神祕兮兮的味道：『我幫你找個範本啊——比如這個。』

裴渡凝神去看，本是做了萬全的思想準備，卻還是不由愣住，面上緋紅愈深。

什麼是……「靈力緩緩下壓，綁縛般錮住她的身形，旋即猛地收緊」？什麼又是「蒙上她的眼睛，在手上縛了繩索，拿著小鈴鐺，引她一步步往前」？

從未看過、連做夢都不敢想像這種場面的少年，於此時此刻，世界觀宣告崩塌。

他真是太過分了。

在見到這行字的瞬間，識海裡竟情不自禁浮起了隱約的畫面，雖然只是匆匆而過，卻足以灼得裴渡渾身發熱。

「……謝小姐。」少年劍修渾身氣焰散去，腦袋壓低：「對不起……」

謝鏡辭一怔。

「沒關係，我知道的，這是系統規定的臺詞。」她不明白裴渡道歉的緣由，見他似乎已經脫離了系統控制，暗暗鬆一口氣：「我是過來人，能明白。」

謝小姐根本就不明白。

僅僅看見那行文字，他就已經遍體升溫發燙，要是對她做出那種事……他一定會受不了的。

「兩位聊完了嗎？」片刻的沉默之後，不遠處響起莫霄陽沒心沒肺的喊叫：「我們要去海邊啦！」

「春分之日，聽說沉眠了一個冬天的靈力盡數復甦，萬物躁動，常有難得一見的美景出現。」顧明昭不愧是活了好幾百年的老油條，說起話來頭頭是道，帶著一行人走在凌水村裡，更是走路帶風：「這處地方很少人知道，能被我帶去瞧一瞧，是你們的幸運。」

多虧那瓶價值不菲的靈藥，他腿上傷口好了大半，走起路來雖還是一瘸一拐，但總不至於像最初那樣，被疼得嗷嗷叫。

若不是他身上的確存有幾處貓膩，謝鏡辭無論如何，都不會把這人和水風上仙聯想到一塊去。

她一路跟在顧明昭身後，目光始終沒離開過韓姑娘。

這位姑娘身分不明、來歷不明，就連名姓也不願全盤相告，恐怕這個「韓」，亦是信口胡謅。

只是若她真是蠱師，何必如此招搖，大大咧咧出現在所有人眼前？畢竟以她怪異的舉止和打扮，一旦事情變得不可收拾，必然會成為村民們首要懷疑對象。

「韓姑娘，」孟小汀同樣對她心生懷疑，用寒暄般輕快的語氣，「妳為何一直穿著大袍子？是因為太冷嗎？」

她步伐稍頓。

「嗯。」韓姑娘嗓音清澈，帶著微微的啞，像是不太擅長與人說話，踟躕片刻，才輕聲繼續道：「我畏寒。」

然後便是再無言語。

莫霄陽不死心，接著問她：「如今凌水村被蠱術所困，姑娘還是儘早離開為好——不過話說回來，韓姑娘為何要獨身來到此地？想進琅琊祕境嗎？」

少女搖頭：「……是為尋人。」

「尋人？妳朋友住在這兒？」孟小汀好奇：「韓姑娘找到那個人了嗎？」

她靜了好一會兒，半晌，嘴角竟揚起一道極輕的弧度，眼尾稍彎：「嗯。」

韓姑娘生得很美，星眸纖長，面若桃李，雖則毫無血色，卻平添幾分弱柳扶風的病弱之感，如今乍一笑起，彷彿畫中人有了神智，拂紙而出。

她之後再沒說話，習慣性攏緊衣襟。

顧明昭擺明了要帶他們出村，經過幢幢白牆黑瓦、排列有致的房屋，不需多久，就能聽見海浪聲響。

「這邊走。」

在海岸往東，有座人跡罕至的小山。他對這條路爛熟於心，行在凹凸不平的礁石與沙土之間，竟能做到如履平地，不知來過多少次。

「沿著這條路，一直往上便是。」小山不高，爬到一半，顧明昭兀地回頭：「路有點陡，諸位務必當——」

他話沒說完，就見身側的韓姑娘一個趔趄，於是沒做多想地伸出手去，在握住她手腕的瞬間，神色不由僵住。

韓姑娘低著頭，迅速縮回手。

顧明昭似是有些尷尬，抬手撓了撓頭：「那個……總之一定要小心。」

這舉動實在奇怪，謝鏡辭心裡的好奇被勾到了頂峰。奈何顧明昭靈力微薄，不足以達到傳音入密的需要，她只能把重重困惑憋在心裡，迫切想抵達山頂，向顧明昭問個明白。

「這這這、他們的表情怎麼都這麼奇怪？」孟小汀用了傳音：「有古怪哦。」

「我知道了！一定是韓姑娘手腕粗壯，不似女子，顧明昭已經察覺了他的真實身分——男扮女裝！」

莫霄陽還是沒從這個設想裡走出來，自己成功說服了自己。

「待會兒上山後，我去問問他怎麼回事。」謝鏡辭道：「你們不要跟來，若是太多人，會引韓姑娘懷疑。」

她完全是下意識說出這段話，話音方落，忽然想起裴渡如今的人物設定。

同男子搭話，雖然很可能觸碰到大少爺的禁區，但韓姑娘來歷不明，她因為此事向顧明昭探訪情報……明顯算是公事公辦，應該沒問題吧？

謝鏡辭不動聲色視線一晃，來到裴渡面龐。

仍然是沉靜雋秀、面如白玉，想來系統並未發布任務，她悄悄鬆了口氣。

小山上樹木繁茂，半晌沒見人煙。

順著小道一路來到山巔，在蔥蔥蘢蘢的樹叢草地之間，分布眾多高低不平、千姿百態的碩大石塊，宛如陣法一般，呈圓環狀雜亂排開。

向上是繁星點點，往下看去，便是一望無際的浩瀚大海。海浪不知疲倦，一遍又一遍拍擊在山腳，捲起白茫茫的雪色，綺麗且壯闊。

「這裡的風景不錯吧？」顧明昭笑道：「重頭戲還沒來，再等一等，保證不會讓你們失望。」

這是私下套話的絕佳時機，謝鏡辭與孟小汀交換一個眼神，趁機開口：「關於凌水村和蠱師，我有幾個不懂的地方想要問問——不知顧公子可否答疑解惑？」

顧明昭腦子裡沒那麼多彎彎繞繞，想不了太多，立刻答應下來：「好啊。」

她自然不可能當著韓姑娘本人的面出言詢問，於是借著閒逛散心的理由，同他來到山巔另一頭。

山頂兩側隔著整片密林，更有怪石阻隔其中，謝鏡辭開門見山，把聲音壓低：「之前握住韓姑娘手腕，你為何會那樣吃驚？」

不怎麼聰明的水風上仙這才明白，原來所謂的閒逛散心都是幌子。

「因為很奇怪啊。」顧明昭很少在背後討論他人，做賊心虛般環顧四周：「她的手腕太細了，像根細木頭——雖然都說女孩子的手不足一握，但韓姑娘完全不是常人該有的樣子，像薄薄一層皮包著骨頭，古怪得很。」

……太瘦了？

難道她把自己包得嚴嚴實實，就是因為這個原因？她又是出於怎樣的緣由，身體才會變得異於常人？

「我覺得吧，其實沒必要一直懷疑她。我雖然沒了神力，但感應邪骨還是沒問題，她身體裡乾乾淨淨，沒半點邪氣。」顧明昭抓了把被風吹亂的頭髮：「我活了這麼久，看人一向很準，她雖然不愛與人接觸，但應當沒有惡意。更何況，韓姑娘一個年紀輕輕的女孩子，定是遭遇了大禍，才會變成如今這副模樣。」

如謝鏡辭，如孟小汀，亦如許許多多其他的年輕姑娘，無一不是自在瀟灑，整日帶著笑。唯有她膚色白得過分，總是孤零零不說話。

他想起什麼，目光亮了一些：「而且韓姑娘性子很溫柔的！當初我頭一回遇見她，不知為何總覺得眼熟，腦子一抽，張口就問我們二人是否曾經見過。這句話很是冒犯對吧？韓姑娘卻沒生氣，只是笑著搖頭。」

不愧是濟世度人的上仙，心地果真是好得不一般。

謝鏡辭正想回他，忽然聽見一道陌生童音：「顧哥哥！」

一轉頭，竟見到兩個年紀尚小的男孩。

「你們也來山上玩？」顧明昭顯然認識他們，瞇眼笑笑：「背上背了什麼？祈願人偶嗎？」

謝鏡辭這才注意到，每個男孩身後都背了個竹簍。

她看不清竹簍裡的東西，順著顧明昭的話問：「祈願人偶？」

「這是淩水村的傳統。」他耐心解釋：「每到春分，我們都會把迎福去災的心願寫在人偶上，讓它代替承受未來一年的霉運。謝小姐要買嗎？自己用或是送人都可以，不過每年只能買一個，否則會被認為貪心，什麼願望都實現不了。」

兩個男孩亮著眼睛看她，把竹簍湊近一些。

謝鏡辭溫聲笑笑，蹲下來打量竹簍中的粗布人偶：「這些是你們自己做的？」

「是宋姨教我們做的。」其中一個孩子答：「顧哥哥也有幫忙。」

「在凌水村裡，有很多父母雙亡、上不起學的孩子。村長辦了私塾，其實是在倒貼錢，為讓學堂運轉，經常帶著孩子們做些小玩意去賣。」顧明昭低聲道：「……還是挺不容易的。」

竹簍裡的人偶形形色色，有仗劍的俠客、倚竹的修士、招搖的舞女，各具特點，不一而足。謝鏡辭思忖良久，拿起其中兩個，舉在顧明昭眼前：「來，哪個更好看？」

謝鏡辭給的錢很多，兩個孩子大驚失色，一度以為自己在做夢，互相掐了好幾下胳膊，才千恩萬謝地離開。

顧明昭抱著手裡的人偶，連連搖頭：「謝小姐，我也不想努力了，妳府中還差神仙嗎？風流倜儻的那種。」

謝鏡辭睨他一眼。

「其實我一直在想，」她看著兩個孩子離去的背影，若有所思，「既然凌水村所有關於你的記憶都不復存在，按理來說，你應該消失於天地之間，不留絲毫痕跡，但如今卻一息尚存，實在奇怪。」

顧明昭睜圓雙眼，拼命點頭：「對對對！我也很納悶。」

「說不定，即便沒有了記憶，還是會有些東西留在腦子裡。」她仰頭看樹葉縫隙裡的天空一眼，輕輕吸了口氣：「就像村長隱約記得你的模樣，追隨著你的步伐重建私塾……或許那也是一種羈絆，雖然誰都不知道。」

與顧明昭相遇時，如今的村長只不過是個懵懂的小姑娘。

出於對那人的景仰，即便過去數十年，即便喪失了關於他的所有記憶，還是會循著他的腳步漸漸往前，亦會在夢中記起，曾有個高挑瘦削、五官平平，卻也溫柔至極的先生。

記憶不過是一種載體，即便消逝得一乾二淨，也仍會有難以言明的情愫藏在心底。

顧明昭看手裡的娃娃一眼，半晌後輕聲笑笑：「但那也只是一種可有可無的感覺吧？記憶丟了就是丟了，不可能變得同以前一樣。」

他說到這裡，笑意更深：「現在的日子也很好啊，閒人一個，雖然是個沒用的廢物，但至少瀟瀟灑灑，沒那麼多責任。我——咦？」

顧明昭略作停頓，視線穿過謝鏡辭，來到她身後：「裴公子？」

她心裡咯噔一下，迅速轉身，在與裴渡四目相對的瞬間挺直脊背，如同偷腥被發現的貓。

救命救命。

誰能告訴她，為什麼好端端的甜餅劇本……會突然之間變成恐怖片啊！

「韓姑娘托我告知二位，」裴渡腰間別著湛淵劍，眉目清冷，看不出喜怒，「時候快到了。」

時候。

什麼時候？

謝鏡辭腦子發懵，聽得身邊的顧明昭恍然一拍腦袋：「對哦！馬上就是觀景的時機了！」

他說著一怔，終於意識到不對：「韓姑娘？她怎會知道觀景的確切時候？」

這裡分明是他和幾個小孩的祕密基地。

「顧公子，」裴渡並不理會他的遲疑，語氣仍是溫和得體，「再不去，時間就過了。」

顧明昭聽不出這句話裡的貓膩，謝鏡辭卻是心中一抖。

來了來了，這劇本她看過，這句話分明就是火山爆發的前兆，特地摒退閒雜人等，只為褪下偽裝，露出瘋魔內核。

裴渡是什麼時候來這兒的？她買人偶的時候？那兩個男孩離開的時候？還是她和顧明昭說話的時候？

小傻子顧明昭樂呵呵地走了。

謝鏡辭輕咳一聲，欲蓋彌彰。

「他同妳說了什麼？」裴渡神色淡淡，步步靠近：「我不是警告過妳，要認清自己的身分麼？」

謝鏡辭沒動，抬眼看著他。

遵循常理，在這種時候，她理應像所有傳統女主角一樣感到頭暈噁心害怕難受，但只要見到裴渡的臉，和他耳朵上的一抹紅——

對不起，她真的只想笑。

講出這種話，裴渡心裡肯定比她更加羞恥，就像一隻兔子披著狼的外皮，看上去張牙舞爪凶巴巴，其實還是很好欺負。

更何況這些臺詞的古早味，實在太濃了。

謝鏡辭好整以暇，忍著唇邊的笑：「我是什麼身分啊——少爺？」

少年瞳仁微縮，氣息驟亂。

……她真過分。

謝小姐定然看出他的窘迫，刻意順著臺詞繼續往下演，擺明了是在欺負他。

可偏偏系統的強制引導難以抗拒，裴渡頂著滿臉通紅，從口中緩緩吐出的，卻是無比羞恥、強勢霸道的話：「妳不過是我用來取樂的玩具，明白嗎？」

對不起，謝小姐。

他真的好壞，竟對她講出這等折辱人的話，像個齜牙咧嘴的傻瓜。裴渡已經足夠困窘，長睫一動，瞥見她眼尾的弧度——謝小姐絕對笑了。

他只覺得眼眶發熱，想找個地洞縮成一團。

逗裴渡玩，實乃世上一大樂事。

謝鏡辭心裡已快要笑癱，語氣卻是無辜：「少爺為何生氣？」

『喂喂，你怎麼回事，好端端的霸道大少爺，怎能這樣委屈兮兮，反被丫鬟壓了一頭？』系統恨鐵不成鋼：『凶一點啊！用你的氣勢鎮住她！狠狠教訓這隻小野貓！』

裴渡咬牙：「因為謝小姐同顧公子說話而責怪她，本身就毫無道理。是我理虧。」

『這不能怪我。』系統哟呵一聲，發出意味深長的怪笑：『只有觸發相應場景，我才會給出對應的臺詞——分明是你不願見到謝鏡辭同旁人親近，她買玩偶送給顧明昭的時候，你敢說自己不在意？』

裴渡眸色一暗。

他當然在意。

韓姑娘委託他來尋謝小姐與顧公子，隔著層層樹海，裴渡一眼便見到她向顧明昭伸手，詢問哪個更好。

待他再往前一些，便見到後者歡歡喜喜接下人偶，抱在手中的模樣。

他知道那人偶意義非凡，心中止不住發澀，只能佯裝毫不在意地安慰自己，謝小姐不過是順手買下。

……人偶一年只能買一個，他從沒奢望過，謝小姐會買來送給他。但看見被旁人拿走，還是難免覺得難過。

然後就聽見了系統的叮咚響。

謝小姐朝他靠近一些，柳葉眼亮盈盈，彷彿能望到心裡：「少爺是不喜歡我和別人說話？」

不是。

裴渡目光閃躲，臺詞不受控制往外冒：「……今後不許送別人東西。」

謝鏡辭一怔。

「不能再送別人東西嗎？」她似是終於明白了什麼，抿唇揚起嘴角，右手變戲法般一晃：「那真是可惜，我買了這個人偶，本想送給某個人，倘若少爺不願意，那就算了吧。」

謝小姐手裡，赫然握著個藍色的小人。

不是多麼道骨仙風的模樣，高高瘦瘦，穿著長袍，看上去呆呆的，拿了把劍。

可顧明昭手裡，分明還拿著娃娃。

……啊。

他怔怔看向那個人偶，在腹部的位置見到一行小字，看不清楚全部，只能瞥見開頭三個字元：給裴渡。

『可惡，失策了。』系統輕嘖：『情敵竟是你自己。小公子好自為之，我撤了。』

方才還氣焰囂張的少年劍修，此刻倏地沉默下來。

裴渡有些不好意思，只覺得全身被火燒，笨拙地撓撓後腦勺。

「覺得兩個都挺適合你，就問了問顧明昭的意見。至於顧明昭，他也買了一個，給另外的人，現在應該送出去了吧。」謝鏡辭用人偶戳戳他胸口：「想要嗎？」

裴渡小心翼翼接下，終於看清那行小字。

『給裴渡：祝來年一帆風順，無病無憂，心想事成。』

嘴角情不自禁上揚，又因為害羞，被強行壓平。

這是……謝小姐送給他的禮物。

心裡的小人開心到滾來滾去，所過之處百花盛開，最終旋轉著飛上半空，翱翔片刻，炸成一束撲通撲通的煙花。

裴渡摸摸鼻尖，試圖擋住唇邊的笑。

謝鏡辭笑意不止：「喜歡嗎？」

他點頭。

「可不能厚此薄彼，因為它而忘記我啊。」她踮了腳尖，湊到他耳邊：「我也是你取樂的玩具嘛，少爺。」

這是他不久前親口說出的話。

裴渡像隻炸毛的貓，緋紅蔓延到耳朵尖：「謝、謝小姐！」

謝鏡辭還是笑：「不用謝。」

謝鏡辭與裴渡來到山崖邊，正是景觀最絢麗的時候。

此地偏僻，少有人煙，復甦的靈力自四面八方而來，向東海聚攏。靈力散發的微光好似星點，連綴成條條細線，有如星河倒灌，順著風的方向緩緩前行，匯入海潮之中。

天與山與水，彷彿成了彼此倒映的錯綜鏡面，分不清虛虛實實真真假假，唯有白芒如故，充斥天地之間。

「不賴吧？」顧明昭很滿意：「這座山視野開闊，最適合觀賞此番景象。」

他說著咧嘴笑笑：「等蠱師的事結束了，我再帶你們去別的地方逛逛。東海特別有趣，我是老熟客了——韓姑娘，妳也來嗎？」

她之前準確道出了景觀來臨的時間，顧明昭對此頗有疑惑，然而出言詢問，對方只說是在淩水村時偶有聽聞。

少女本是沉默不語，聞言輕抬了眼，又迅速低頭。

她動作很快，從口袋裡掏出幾個小瓷瓶，伸出手，竟是要遞給顧明昭的意思。

「除蟲的藥、除草的藥、讓花迅速生長的藥、治病的藥。」她仍把手指藏在袖口中，小心翼翼不露出來，咬了咬下唇：「……給人治病的藥，你可以用，不要給花。」

顧明昭頭一回聽她說這麼多話，受寵若驚：「給我的？」

韓姑娘點頭。

「謝謝謝謝！我院子裡的花花草草時常生病，尤其那株牡丹，我一直很頭疼來著。」

他歡歡喜喜接下：「韓姑娘，我沒什麼可以作為報答的謝禮，等明日送妳一些花吧。」

對方不置可否，只是低低應聲：「那株牡丹花……的確挺嬌貴。」

「不過它很漂亮啊！那是我院子裡最好看的花。」顧明昭笑道：「不瞞妳說，花種子是某天莫名其妙出現在我門口的，許是仙人賜福，我種下它以後，運氣果然好了許多——在那之前，我還以為自己太沒用，被好運嫌棄了。」

她聽罷一頓，破天荒抬起視線，與他四目相對：「顧公子……很好，有用。我一生少有這樣開心的時候，全因為有你。」

韓姑娘是真的很不會說話。

她言語笨拙，說著耳廓隱隱發紅，順勢低下頭去：「時候不早，我該告辭了。各位保重。」

顧明昭以水風上仙的身分作為擔保，親口坦言在她身上感應不到邪氣，倘若強行扣押，他們反倒成了不講道理的那一方。

韓姑娘走時神色如常，孟小汀左思右想想不通，盯著她逐漸遠去的背影瞧：「如果她不是蠱師，那為何要來到此地？我們又如何才能找到幕後真凶？」

「雖然很可能作廢，但我有個辦法。」顧明昭靠在一棵樹幹上，神色微凝：「假如溫知瀾真是白家的女婿，按照蠱術世家一脈相承的傳統，會在他體內種入名為『一線牽』的蠱毒，與白家人血脈相連。只要找到當初那位倖存者，取其一滴血液，再以蠱蟲作引，或許能找到他的行蹤。」

然而天地之大，要找一個同他們毫無干係、行蹤不明的人，無異於大海撈針。

更何況這種蠱術對距離有所限制，一旦溫知瀾達成目的、離開凌水村，哪怕他們當真找到了白家後代，隔著天涯海角的距離，蠱蟲也沒辦法互相感應。

謝鏡辭卻是一愣。

凌水村神祕蠱師現身。

韓姑娘自命案發生，便孤身來到村落，一直住在客棧之中。

一線牽、春分、溫知瀾——

她兀地出聲：「小汀，妳知道當年那位倖存下來的白家人是誰嗎？」

孟小汀亦是心有所感，挺直脊背：「我找找！」

她的儲物袋裡裝了不知多少八卦祕聞，翻出了如山的紙堆。

「我看看，五年之前，白家亡故五十六人，唯一活下來的，是年方十三的二小姐——」

她語氣一頓：「白寒。」

白寒。

裴渡蹙眉：「韓姑娘？」

顧明昭神色更糟。

「五年前，十三歲的女孩——」他終於斂去笑意，渙散的記憶回籠：「我好像見過。」

時值春分，萬物復甦，蠱蟲亦是如此。

身著白衣的少女神色淡漠，手腕劃破一道猙獰傷口。血水止不住往下淌動，她卻彷彿感受不到疼痛，漠然凝視著血滴成型，宛如絲線，將她引向海邊的破廟。

四下靜寂，夜色四合，在漫無邊際的黑暗裡，隱約閃過一道人影。

「白家人。」高大的青年立於霧裡，白霧迷濛，似是從他體內生長出來，濃稠不散：「既然已經找到我，就快把妳那噁心的蠱術收起來，陰魂不散，煩死了。」

他停頓須臾，看向她身上寬大的外袍，爆發出情難自禁的大笑：「也對……我上回見妳，妳還只是小孩，短短五年修為精進至此，想必付出了不小代價，對吧？」

隨著笑聲迴盪，一陣疾風乍起。外袍被驟然吹飛，隨著袖口晃蕩，少女的雙手若隱若現。

那並非常人的手，骨瘦如柴、蒼白如紙，在皮膚之下，隱約能見到蠱蟲亂竄的影子。

當初謝鏡辭等人討論到溫知瀾匪夷所思的修煉速度，頭一個想到的可能性，就是用了以身飼蠱的法子。

然而後來細細一想，邪骨已是絕佳資質，就算不用那種損人不利己的邪術，他的修為也能一日千里。

可對於資質平平的人而言，以身飼蠱，是迅速增進修為的唯一出路。

「把血肉餵給蟲蟲，與它們融為一體……妳已是不人不鬼的怪物。」男人嗤笑一聲：「還特地趕在實力最強的春分來找我……二小姐，妳真以為是我的對手？」

少女沒說話。

她靜默不語，手中緊緊握著一個柔軟圓潤的東西，良久，用拇指輕輕摩挲。

那是個女孩模樣的人偶，圓臉大眼睛，身前一筆一劃寫著：『給韓姑娘：祝新的一年諸事順利，開開心心。』

這是最重要的、只能送給一個人的娃娃，顧明昭送給她時，笑得靦腆卻認真：「妳獨身一人來到這兒，就讓它做個伴吧。」

……真是個爛好人，一如既往。

她與那個人在五年前匆匆見過一面，他顯然已經不記得她。

然而真是神奇，哪怕沒有了記憶，顧明昭還是在見到她時，茫茫然道上一句：「我是不是曾與韓姑娘見過？」

她聽見那句話，心臟幾乎跳出胸膛。

「我以為妳已經死了。」溫知瀾哼笑：「白家二小姐跳入嘉羅江，這則消息可是傳得風風火火。」

她還是沒說話，暗暗催動體內蠱蟲。

五年前，她的確想過自盡。

溫知瀾一直隱瞞天生邪骨的事，暗地裡殺人無數。她姐姐察覺端倪，本欲勸他皈依正道，不料成婚多年的道侶對她毫無感情，眼看惡行敗露，一不做二不休，屠盡整個白家，奪走了全部祕法。

那日她恰巧外出遊玩，於半途聽聞噩耗。十三歲的女孩無依無靠，只能以身飼蠱，豁出性命，搏取報仇的可能性。

從那以後，她變成了只能住在暗處的怪物。

血肉乾枯、皮膚下隱約可見蠱蟲，所有見過她身體的人，都難掩恐懼與嫌惡。她無家可歸，四處徘徊，在某一天，懷著滿心憤懣與絕望，來到凌水村中。

那是溫知瀾的故鄉。

溫知瀾當然早就不在此地，海邊立著座荒廢已久的神廟。

她吞食蠱蟲，劇痛噬心，疼得昏倒在地，醒來時已經置身於神廟。身旁站著個瘦削的年輕人，五官平平，瞧不出絲毫特色。

他見她坐在角落號啕大哭，手足無措地呆立許久，等她哭得累了，便遞來一塊棉帕。

「什麼水風上仙，根本就沒有用。」她止不住哽咽，眼淚一直流：「哪怕出了事，他們也從不會管，只顧自己享福，世上那麼多不公……神仙真是爛透了。」

情緒激動的時候，蠱蟲會四處逃竄，湧上她面頰。

他一定見到了她古怪的身體，卻並未像其他人那樣連連後退，避之不及。

那人沉默許久，笨拙地為她擦去眼淚，忽然開口應聲：「這水風上仙，的確沒什麼用——否則廟宇也不至於破落至此。」

「與其崇拜那些虛無縹緲的神明，不如試著相信一把眼前的人，對吧？」她仰頭，看見他咧嘴輕笑：「我叫顧明昭。小妹妹，妳為什麼哭？我比水風上仙厲害多了，倘若有人欺負妳，定能幫妳報仇。」

他只不過是一介凡人，才沒辦法替她報仇。

她只能靠自己。

不懼怕她醜陋的模樣，願意對著她笑的人，如果早一點遇見就好了。

那天她頭也不回地倉促逃開，身體裡的蟲蟲劇烈生痛。

與那人相遇的時機、地點、境遇，全都不對。

後來女孩眼睜睜看著身體被蟲蟲蠶食，化作煉蟲容器，只能在每年春分悄悄前往凌水村，藏在大袍子裡，站在遠處看他一眼。

或是送上牡丹花籽，或是隨他登上那座人跡罕至的山，看著靈氣四合，星空浩瀚。

那是屬於她一個人的記憶，沒有別人知道。

至於那一瓶瓶的藥，是她唯一的，也是最後能送給他的東西。

只可惜最後的道別笨拙至極，她本想安慰他，卻只說出斷斷續續、語意不通的話。

她已經很久沒和別人說過話了。

今夜的東海狂風乍起，邪氣吞吐如龍。

在嗚咽般的風聲裡，她正欲催動體內蠱蟲，卻聽見一道熟悉的嗓音：「韓姑娘——不對，白寒小姐？」

少女的雙腿定在原地。

她想伸手捂住面上湧動的青筋，卻已經太遲。

小跑著破開層層霧氣，正氣喘吁吁看著她的人，是顧明昭。

邪骨生出陣陣寒氣，滔天白霧蔓延不休，整個海灘皆被吞噬。顧明昭重重咳嗽一聲，在沉重威壓裡，勉強立穩腳步。

如今正值春分，倘若白家二小姐當真以身飼蠱，在蠱蟲躁動復甦的今夜，實力定是最強。

而她要想復仇，也只能趁著溫知瀾還在凌水村的時候，一旦錯過這個機會，從此山水不相逢，再難窺見他行蹤。

白寒之所以行色匆匆，從山上離開，唯一可行的解釋，是要趕在春分結束之前催動蠱蟲，與溫知瀾做個了結。

他們猜出這個計畫，於是分頭前往各處搜尋。謝鏡辭與裴渡去了潮海山，孟小汀在南，莫霄陽在東山，唯有顧明昭來到海邊的水風上仙廟宇前。

這個決定完全是在賭。

兒時的溫知瀾為禍村中，是他動用水風上仙的神力，才壓制住溫母狂湧的邪氣。當那女人被他打倒在地時，從男孩漆黑的瞳孔裡，顧明昭看出了明晃晃的恨意。

溫知瀾恨他。

當初祕境裡的怪物吸食村民記憶，是在溫知瀾逃離凌水村、不知所蹤以後。他很可能並未遺忘有關水風上仙的事，所以在多年後回到凌水村，才會大肆破壞神廟，並將其改作藏匿屍體的密道。

莫霄陽說得對，像被刨了墳。

許是陰差陽錯，當眾人討論溫知瀾可能的去處時，顧明昭第一時間就想到了這裡，等氣喘吁吁狂奔而來，映入眼前的，竟是濃稠如牛乳的大霧。

他看見一個穿著黑衣的青年，以及不久之前道別離去的韓姑娘，或是說，白二小姐。

她身上那件寬大的外袍已然沒了蹤影，衣袖紛飛，露出枯骨一般乾癟的右手。面頰之上青筋暗湧，偶有幾隻蟲蠍的影子閃過，雙眼則是布滿血絲。

在極為久遠的記憶裡，他曾見過相似的小女孩。

少女渾身上下的戾氣轟然褪去，較之方才的殺意凜然，眼中竟浮起一絲倉惶無措的慌亂，下意識後退一步，低頭掩去猙獰可怖的面容，脊背發抖。

他怎會來。

他怎能來。

明明已經做了最後的道別，唯獨顧明昭，她絕不願讓他見到自己如此醜陋的模樣。

更何況……他若是在溫知瀾眼前現身，定會被毫不猶豫殺掉。

「又來一個。」溫知瀾瞥見她陡變的神色，猜出少女心中羞愧，不由大笑：「怎麼，既然已經把自己變成不人不鬼的怪物，就要有被人看到的覺悟。妳都成了這副模樣，不會還——」

他話音未落，就見面前襲來一道拳風。

顧明昭廢柴了幾百年，拳腳功夫從沒怎麼練過，這一拳揮過去，不但被對方輕而易舉躲開，自己的手還被順勢一扭，發出骨骼錯位的咔擦響。

「一介凡夫俗子，也配和我動手？」

身為不老的仙靈，水風上仙常年住在凌水村中，為避免引起村民懷疑，每隔一段時間，都會更換全新的相貌與名姓。

如今這具顧明昭的殼子，與三十多年前的模樣大不相同，哪怕是溫知瀾，也沒辦法辨出分毫。

黑衣邪修冷冷地看他，手掌發力，猛地一推：「就這副身子骨還來逞英雄，你比白寒更好笑。」

撲面而來的邪氣洶湧，顧明昭體內靈力淡薄，全然無法招架，被一掌推飛數丈之遠，重重跌落之際，口中吐出殷紅鮮血。

像被貓肆意折磨的老鼠一樣。

這個想法讓溫知瀾大感愉悅，情不自禁發出桀桀怪笑，手中靈力再度凝結，輕輕一揮。

濃郁黑氣迅如疾電，撲向年輕人瘦削的身影，然而尚未觸碰到他，便被另一股力道中途攔住。

白寒抿唇不言，立於顧明昭身前，為他擋下勢如破竹的殺機。兩股力道彼此相撞，迸發出轟然巨響，她明顯弱了一些，被擊得連連後退。

「我說了，妳打不過我。」溫知瀾哈哈大笑：「廢物，全都是廢物！妳資質平平，修煉又比我晚了幾十年，這要如何與我相爭啊，白二小姐！」

他愈發興奮，眼中血絲漸濃，溢出血一樣的紅：「當年妳姐和妳爹也是這樣，不自量力，自以為是。老老實實裝聾作啞不就好了？非要讓我坦白一切，甚至打算將我送入仙盟。妳姐姐死前還叫我夫君，真是好笑，若不是為了白家祕術，我怎會娶她——當初妳僥倖逃過一劫，今夜就當斬草除根，讓妳和淩水村所有人一起死無葬身之地！」

隨著話音落下，四周邪風驟起，如鋒利無匹的刀劍橫飛，所過之處大霧湧動，混沌不堪。星空與月亮皆被吞沒，見不到丁點兒亮色。邪氣翻飛，於半空匯成一道道盤旋的漆黑漩渦，橫衝直撞，銳不可擋。

白寒催動體內蠱蟲，咬牙抵禦越發猛烈的襲擊。

身體裡的血肉無時無刻不在被撕咬啃噬，她忍下劇痛，聲音顫抖：「……快走。」

這是對身後的顧明昭說。

她今夜已經懷了必死的決心，無論如何，都要保住他的性命——像他那樣的人，只要一直站在光明敞亮的地方，無拘無束露出微笑就好了。

蠱蟲的躁動已經到達頂峰。

少女單薄的皮膚裂開道道豁口，白衣被染成血紅。她如今的模樣一定猙獰至極，形如鬼魅魍魎。唯有顧明昭看到，在駭人的殺意裡，白寒眼眶泛著薄紅。

她在哭。

煞氣滿身的怪物脊背顫抖，嗓音沙啞，像是用盡了渾身上下全部的勇氣，才終於開口對他說：「快跑啊。不要……看我。」

「妳已經到極限了。」溫知瀾相貌極美，面如桃花、靡顏膩肌，乍一看去雌雄莫辨，眼底一抹猩紅更添豔色，此刻笑得張狂，半張臉隱在邪氣之中：「妳想引爆身體裡的所有蠱蟲，妄圖換與我同歸於盡，對不對？那真是要讓二小姐失望了。」

他說著微瞇雙眼，將白寒上下打量一番：「我不會死，頂多身受重傷，但妳嘛……在那個小白臉眼皮子底下被萬蟲噬心，澈底淪為一灘血肉，那種模樣可不好看。」

「你閉嘴！」

白寒咬牙聚力，靈氣有如長河洩洪，倏然爆開。溫知瀾不緊不慢，抬手一揮，屬於她的力道軌跡隨之偏轉，落在不遠處的水風上仙廟宇之上。

頃刻間白牆傾頹，被擊出一個不規則大洞，四周煙塵瀰漫，在交織的煙與霧裡，顧明昭見到一抹熟悉的影子。

水風上仙的廟宇破敗多年，早就無人參拜，但此時此刻，卻有個渾身是血的老嫗趴伏於雕像前，似是被巨響驚醒，右手微微一動。

是村長。

「水風的廟……哈哈哈，你也有今天！」溫知瀾見狀更是興奮，手中再度聚力，砸向那座面目模糊的仙像：「當年你那樣對我們，帶頭害死我娘，如今還不是遭了報應，淪落成這副模樣！你有本事出來啊！哈哈哈哈！」

當他時隔多年回到凌水村，做的頭一件事，便是來到水風上仙的廟宇尋仇。

沒想到當年香火旺盛的神廟已然無人問津，村子裡更是沒有任何人記得他，溫知瀾怔愣片刻，旋即大笑。

這都是報應！水風當年仗勢欺人、好不得意，如今被所有人忘在腦後，只怕已經魂飛魄散，連一縷灰都不剩下。

神像腦袋被邪氣擊中，瞬間化作齏粉，頹然墜落。

倒在地上的村長聽聞此言，竟脊背稍弓，竭力抬頭：「這位先生……他真正存在過，對不對？」

顧明昭默然不語，暗暗握緊拳頭。

「小白臉，你年紀輕輕，應該沒聽說過吧？」

溫知瀾緩步走向老媼，眸色如血，宛如修羅。

他對著顧明昭說話，眼神卻並未落在後者身上，語氣裡是十足的不屑：「三十年前，凌水村有個小神仙。當年他可是威風得很，自以為多麼了不起，如今誰還記得他？就是個沒用的廢物。也只有這老太太，才會在深夜一個人給他上供。」

他話語落畢，已然走到村長面前，邪氣漸漸纏上老媼脖頸：「我記得當年妳很崇拜他，對吧？老是叫什麼先生先生，聽著就不爽。都這種時候了，還來廟裡看他……我今日就算殺了妳，水風又能奈我何？」

劇痛從脖子往全身蔓延，滿頭白髮的老媼眉頭緊蹙，混濁的雙眼中，溢出一縷清明亮色。

來水風上仙的廟宇，是她持續多年的習慣。今夜像往常一樣來到這裡，卻不料遇見溫知瀾，被一掌擊中胸口昏死過去，直到那聲巨響出現，才悠悠轉醒。

此刻面對死亡，她心中雖有恐懼，更多的，卻是釋懷與坦然。

溫知瀾說……她曾崇敬著一位先生。

原來那些若隱若現的情愫並非是假。

她所追逐的並非幻影，她嚮往的信念亦非虛構，曾經真的有那麼一個人，無比真切地存在過，也無比真切地，被她崇敬著。

溫知瀾笑得愈發放肆，正要把邪氣收緊，忽然察覺到身側襲來冷風。

白寒的動作極快，寒氣擦著他側臉過去，劃出一道淋漓血痕。她不敢大意，繼而加劇攻勢，暗暗發力。

溫知瀾的實力之強，遠遠超出她的想像。正如他所說一般，即便她引爆體內所有蠱蟲，也很可能無法置他於死地。

但至少……她不能讓更多無辜之人死在他手下。

邪氣浩瀚，隱約有淡淡的月色飄然落下，照亮廟宇中殘破的神像。

顧明昭顫抖著起身，任由劇痛一點點撕裂神經。他深吸一口氣，緩緩閉上眼睛。

神廟，是用來寄託信徒們祈願的地方。

若有人虔誠參拜，心願會凝聚在神像之中，等他凝神去聽，能知曉所有人的願望。

顧明昭已經很久未曾聆聽過了——神像中從都空空如也，他不給自己希望，也就不會失望。

然而此時此刻，當他閉上雙眼，所剩無幾的靈力拂過神像手心，竟有道稚嫩的女孩聲音破開重重迷霧，輕輕來到耳邊。

「上仙上仙，你就是那個不知道名字的先生嗎？」她說：「大家都說村子裡從沒出現過那樣一個人，但我總覺得，身邊像是缺了很重要的什麼東西。我家裡沒錢，原本是沒辦法上學的……是你辦了學堂，讓我們有念書的機會，對不對？」

聲音倏然一頓，再響起時，已是更大一些的少女嗓音。

「先生，你今日過得怎樣？」她心情似乎不錯，說著笑了笑：「我已經攢夠錢，能開辦學堂啦。對著雕像說話好奇怪呀，但是……說不定你能聽到，對吧？忘記你的模樣，對不起。」

然後是越來越多的聲音。

有個男人說：「老兄，雖然沒聽過你的名號，但總覺得你看上去賊可靠。明天去李家求親，千萬要保佑我啊！」

有個女人說：「看你雕像總覺得親切，真奇怪，你也不是我喜歡的那一款啊。算了，神廟幫你打掃乾淨了，不用謝。」

還有最初那女孩蒼老之後的低喃：「學堂辦得很好，先生，我算不算是延續了你的意願？我體弱多病，不知道還能撐多久……不過沒關係，已經有好幾個年輕人答應留在學堂幫工，無論如何，總會繼續下去的。」

她說著一頓，加重語氣，像是對她自己說：「就算我重病死去，不被人記得……那份意願，也一定能繼續下去。」

或許謝小姐說得沒錯。

哪怕記憶消失不見，也還是會有這樣那樣、說不清道不明的情愫，悄悄藏在心頭。

所以他才得以繼續存在，無論作為顧明昭，還是本應逝去的水風。

凌水村裡，都是他想要守護之人。

他們或許蠻橫粗魯，或許幼稚彆扭，又或許冷漠孤僻，但當初溫母作亂、為禍一方，是他們從他手裡拿過了刀。

那女人身為邪修，最擅詛咒之事，臨死之前哀聲哭嚎：「今日誰若殘殺我兒與我，我咒他不得好死，永世不得超生！」

身為鎮守一方的仙人，最致命的一刀，本應由他出手。

然而仙靈沾染不得邪氣，殺人更是大忌，一名漁夫從他手中奪過刀，渾身顫抖著開口：「大人，我們來。」

於是那女人身中數刀，每位在場的村民都動了手。

其實她早就死去，小刀卻還是一個接著一個傳遞。他們力量微薄，沒什麼能耐，試圖用這個辦法共同分擔詛咒，也在用自己的行動，笨拙地保護他。

那是他們之間的羈絆。

白寒不敵對手，被擊出數步，跌倒在地。

溫知瀾同樣被她重創，吐出一口血，不耐地皺起眉頭：「打打鬧鬧該結束了，讓你們死在一起，我算是仁至義盡。」

他動了真格，邪氣驟然彙集，疾風好似野獸奔逃，如刃如刀。威震八方的力量，對準身前破敗的水風神廟，以及癱倒在地的兩個人影。

須臾，殺機四起。

一切異變都發生在轉眼之間。

在邪氣奔湧的呼嘯聲裡，白寒見到一抹影子擋在身前。

年輕人笑得燦爛溫和，烏黑瑩亮的眼瞳熠熠生輝，比天上的星星更加耀眼奪目，輕輕一晃，落在她眼前。

「還記得五年前，我在這兒對妳說過的話嗎？」顧明昭看著她，影子被月光拉長，聲音澄澈如泉：「與其崇拜那些虛無縹緲的神明，不如試著相信眼前的人……我會保護妳，妳願意相信我嗎？」

淚水不受控制，自眼眶狂湧而出。

白寒從不知曉他的真實身分，水風上仙於她而言，不過是佇立於海邊的破落神像。

對她微笑著伸出手的人，小心翼翼種下那株牡丹花的人，叫做顧明昭。

她一直信仰著他，在沒有人知道的地方。

當他對著別人微笑，哪怕那個笑容不是給她，白寒也能打從心底感到快樂，彷彿普照萬物的陽光落進昏暗幽谷，雖是無心，卻能照亮無邊黑暗。

顧明昭咧嘴一笑。

邪氣滔天，只剩下咫尺之距——

不過短短一剎，倏有光華躍起。

最初只是極為微小的一點亮芒，旋即顫慄著爆開，裹挾星火燎原之勢，剎那之間籠罩四野。

海浪。烏雲。一束亮芒破開天際，暗夜混沌，暗潮洶洶。

奪目的白光宛如游龍、遮天蔽月，邪氣本是一往無前，此時卻好似群山崩頹，一陣短暫的僵持後，猛地震開——

轟！

水風上仙不過是個虛無縹緲的象徵，那麼多人渴求著他的眷顧，卻只有一個人，始終堅信著最本真的他。

白寒相信顧明昭。

水風上仙普渡眾生，而顧明昭，是屬於她一人的神明。

只要那個姑娘仍對他懷有信念——

神明無可匹敵的力量，就能為她一人而重生。

光華萬頃，一瞬霜寒。

滿身血跡、被護在身後的老媼指尖輕顫，凝視著不遠處的背影，眼中湧出滾燙熱淚。

她曾偶爾對人說起過，關於那位不知名姓的先生。

他們毫不在意地笑，並不相信，只是隨口問她：真的嗎？那個人是什麼模樣？

怎麼說呢。

他應該是個隨處可見的普通人，相貌尋常，眼睛很亮，看上去溫溫和和，對什麼都不太在意的模樣，在雨天的時候——

一道模糊的人影浮現在腦海，她想起某個遙遠的下雨天，水滴淅淅瀝瀝，有人抱著許多傘站在學堂前，若是有人沒帶雨具，便順手遞上一把。

瘦小懵懂的女孩接過，耳邊是年輕人溫柔的笑：「當心，別著涼。」

他應該是那樣的人。

老嫗眼中溢出一抹笑。

原來……他當真是那樣的人，她沒記錯。

這是顧明昭竭盡全力一擊。

邪氣盡散，溫知瀾蹙眉後退，嗓音發啞，滿是不敢置信：「這招——你是水風？」

他說罷冷笑一聲，語氣越發癲狂得意：「以你如今的實力，又能奈我何？我早就想親手報仇，多虧上仙親自送上門來找死！」

回應他的，並非顧明昭。

清凌慵懶的女音自遠處傳來，雖在笑，卻帶著凌厲殺機：「是嗎？」

謝鏡辭自霧氣中穿行而過，青衣如竹，柳葉眼瞥向一片狼藉的神廟，手中長刀嗡然作響。

她身側的裴渡微微頷首：「顧公子，還好嗎？」

「還好還好。」顧明昭扶了把老腰：「幸虧二位來得及時。」

他們早有計劃，為避免來不及，事先分配了傳訊符，若有人找到白寒與溫知瀾，便立刻通知其他人增援。

莫霄陽和孟小汀尚未趕到，在寒風嗚咽裡，謝鏡辭拔刀出鞘，眉梢微挑：「是誰送上門來找死……還不一定吧？」

——《反派未婚妻總在換人設【第二部】嬌氣包與大魔王？！》（上卷）完——

——敬請期待《反派未婚妻總在換人設【第二部】嬌氣包與大魔王？！》（中卷）——

高寶書版集團
gobooks.com.tw

YE 088
反派未婚妻總在換人設【第二部】嬌氣包與大魔王?!（上卷）

作　　者　紀　嬰
責任編輯　吳培禎
封面設計　單　宇
內頁排版　賴姵均
企　　劃　何嘉雯

發 行 人　朱凱蕾
出　　版　英屬維京群島商高寶國際有限公司台灣分公司
　　　　　Global Group Holdings, Ltd.
地　　址　台北市內湖區洲子街88號3樓
網　　址　gobooks.com.tw
電　　話　(02) 27992788
電　　郵　readers@gobooks.com.tw（讀者服務部）
傳　　真　出版部(02) 27990909　行銷部 (02) 27993088
郵政劃撥　19394552
戶　　名　英屬維京群島商高寶國際有限公司台灣分公司
發　　行　英屬維京群島商高寶國際有限公司台灣分公司
法律顧問　永然聯合法律事務所
初　　版　2024年09月

本著作物《反派未婚妻總在換人設》，作者：紀嬰，由北京晉江原創網絡科技有限公司授權出版。

國家圖書館出版品預行編目(CIP)資料

反派未婚妻總在換人設. 第二部, 嬌氣包與大魔王?! /紀嬰著. -- 初版. -- 臺北市：英屬維京群島商高寶國際有限公司臺灣分公司, 2024.09
　冊；　公分. --

ISBN 978-626-402-092-3(上卷：平裝). --
ISBN 978-626-402-093-0(中卷：平裝). --
ISBN 978-626-402-094-7(下卷：平裝). --
ISBN 978-626-402-095-4(全套：平裝)

857.7　　113013845